逆天魔神

역천마신

이민섭 新무협 판타지 소설

FANTASTIC ORIENTAL HEROES

역천마신 4

이민섭 新무협 판타지 소설

초판 1쇄 찍은 날 § 2016년 2월 25일
초판 1쇄 펴낸 날 § 2016년 3월 3일

지은이 § 이민섭
펴낸이 § 서경석

편집책임 § 김현미

펴낸곳 § 도서출판 청어람
등록번호 § 제387-1999-000006호
등록일자 § 1999. 5. 31
어람번호 § 제2-2642호

주소 § 경기도 부천시 원미구 부일로 483번길 40 서경B/D 3F (우) 14640
전화 § 032-656-4452 팩스 § 032-656-4453
http://www.chungeoram.com
E-mail § chungeorambook@daum.net

ISBN 979-11-04-90666-4 04810
ISBN 979-11-04-90566-7 (세트)

역천마신

逆天魔神

④

이민섭 新무협 판타지 소설

FANTASTIC ORIENTAL HEROES

도서출판 청람

제1장
비무 대회

　진천의 첫 승리를 시작으로 비무 대회는 계속되었다. 여러 신진고수가 출전했지만 화두는 당연히 진천이었다.

　진천은 예선을 치르는 동안 많은 이의 시선을 모았다. 진천을 떠보기 위한 무례한 행동에도 진천은 예의를 갖춰 대했다. 뿐만 아니라 너무나 쉽게 상대를 제압하는 모습은 많은 이에게 강렬한 인상을 남겨주었다. 구파일방의 원로들이 이례적으로 예선전을 참관할 정도였다.

　진천은 후기지수들 사이에서도 군계일학이었다. 진천이 등장하기 전까지 가장 뛰어나다고 여겨졌던 남궁세가의 소가주가 진천에 비해 확실히 밀려 보일 정도였다.

'본선에서 겨루게 되겠지.'

진천은 그와의 비무를 기대하고 있었다. 가장 소중한 가족을 앗아간 그에게 철저한 고통을 주고 싶었다.

"하압!"

남자의 검이 진천의 지척에 순식간에 도달했다. 쾌검에 대한 이해가 뛰어난 자였다. 진천은 가볍게 몸을 돌려 피한 다음 검을 뻗었다.

스윽!

진천의 검이 남자의 목에 닿았다. 남자는 더 이상 검을 휘두르지 못하고 검을 든 손을 내렸다.

"졌습니다."

"좋은 승부였습니다."

남자의 말에 진천은 검을 내렸다. 그를 바라보며 예의를 갖추어 인사를 했다. 그러자 사람들의 환호 소리가 비무장을 휘감았다. 그 환호 소리는 진천을 향한 것이지만 남자는 감동을 받은 것 같았다.

진천은 살짝 웃어준 후 비무장을 내려섰다. 비무장을 내려오자 종진우, 모용화, 팽설영 그리고 황보미윤의 모습이 보였다.

"예선 통과 축하드려요."

"감사합니다."

황보미윤의 말에 진천이 말했다.

방금 전의 비무로 진천의 예선이 모두 끝났다. 진천은 단한 번의 위기 없이 무난하게 예선을 통과할 수 있었다. 모용화와 팽설영 역시 진천을 축하해 주었다.

진천의 눈에 긴장하고 있는 종진우가 보였다. 잠시 후에 종진우의 최종 예선이 있을 예정이었다. 대결상대는 남궁휘였다. 너무나 강력한 상대를 만나게 되어 긴장한 눈치였다.

"남궁 소협이 아니었다면 무난하게 본선에 오르시는 건데……."

"너무 강력한 상대를 만났네요."

모용화와 팽설영이 종진우에게 그렇게 말했다. 종진우 역시그 부분에 대해서 동의하고 있었다. 지금까지 무난하게 승리를 챙기며 올라왔기에 더더욱 그러했다.

"형님을 안 만난 것이 다행이죠."

종진우가 진천을 보며 그렇게 말했다.

"남궁 소협과는 좋은 승부가 될 수 있을 것 같아요. 저도깨달은 것이 많아서 해볼 만할 겁니다."

"너 역시 화산파의 자랑이지 않느냐. 신중하게 승부를 걸어보거라."

"알겠습니다, 형님."

진천이 인자하게 말했다.

종진우는 진천에게 꾸벅 고개를 숙인 후에 숨을 몰아쉬었다. 긴장이 사라지지 않는 모양이었다.

진천이 생각하기에도 종진우는 뛰어났다. 그는 근골뿐만 아니라 타고난 재능이 있었다. 진천과 같이 지내는 짧은 시간 동안 대단한 발전을 이루었을 정도였다.

하지만 아직 생사를 놓고 겨룬 적이 없기에 경험이 부족했다. 역시 남궁휘와 비교한다면 손색이 있었다.

'남궁휘……'

남궁휘는 그야말로 천하의 기재였다. 진천은 한 번 마주친 것만으로도 그것을 깨달을 수 있었다. 이대로 성장한다면 미래에는 그가 무림을 주도해 나갈 것이다.

남궁휘는 벌써 화경에 발을 딛고 있었다. 내부를 관조할 줄 알아 유혹에 흔들림이 없으며 어떤 상황에서도 침착함을 유지할 수 있었다. 그것이 화경의 무서운 점이었다.

종진우는 조용히 가부좌를 틀었다. 화산파의 제자들이 다가와 그의 호법을 섰다.

진천은 뒤로 물러섰다. 비무 참관을 위해 비무장에 마련된 좌석으로 가는 것 좋을 것 같았다.

"가장 잘 보이는 곳에 자리를 마련해 놨어요. 그리로 가시지요."

"예, 그렇게 하지요."

황보미윤의 말에 진천이 고개를 끄덕이며 대답했다. 진천은 모용화와 팽설영과 함께 마련된 좌석으로 향했다.

황보미윤의 말대로 비무장이 잘 보이는 곳에 특별석이 마련되어 있었다. 그곳에는 남궁세가의 일원들과 구파일방의 제자들이 있었다.

그들을 위한 특별석이었지만 진천이 다가오는 것을 누구도 제지하지 않았다. 오히려 반갑게 인사할 뿐이었다.

"안녕하십니까? 단 소협! 남궁진이라 합니다. 방금 전 비무를 보고 견문을 넓힐 수 있었습니다."

"반갑습니다. 단문세가의 단 진천입니다."

"산동의 영웅을 만나 뵙게 되어 영광입니다."

남궁진은 남궁세가의 차남이었다. 형인 남궁휘보다 자질이 떨어졌지만 그래도 후기지수 중에서는 뛰어난 인재로 꼽혔다.

진천과 남궁진이 나란히 서 있는 것을 보고 황보미윤을 포함한 모두가 흐뭇한 미소를 지었다.

'그릇이 작군. 결코 내 적수가 못 돼.'

무림맹주라는 커다란 산을 보았기 때문인지 여기 있는 모두가 진천의 눈에 들지 못했다.

진천은 웃으며 남궁진을 대했다. 남궁진은 진천에게 호감 이상의 감정을 가지고 있었다. 진천의 이야기를 듣고 존경심까지 품은 남궁진이었다.

남궁진의 옆 자리에는 면사를 쓴 여인이 있었다. 특수하게 제작된 인피면구까지 쓰고 있어 진천이라도 쉽게 꿰뚫어 볼 수 없었다.

'호위 무사는 아닌 것 같군. 남궁휘와 친밀한 것을 보아 그의 여자인가?'

남궁세가의 무공을 익힌 흔적이 보였다. 하지만 남궁세가의 여식이라 볼 수는 없었다. 남궁세가의 자손은 남궁휘와 남궁진뿐이었으니 말이다.

여인이 고개를 들어 진천을 바라보았다. 그녀는 고개를 깊게 숙였다. 진천 역시 고개를 숙여 보였다. 그녀는 말을 하지 않았다.

"형님의 호위입니다. 끔찍한 사고를 당해서 말을 할 수 없는 점 양해해 주세요."

"결례를 범했습니다."

진천이 사과하자 오히려 남궁진이 당황해했다.

'뭔가 있군. 실력은 확실히 뛰어나 보이나 무언가 걸려.'

그녀가 입고 있는 옷과 장신구들을 보면 남궁휘가 특별하게 신경을 써준 흔적이 보였다. 분위기가 이상해지자 황보미윤이 진천의 팔을 잡았다.

"이리로 앉으시지요."

"감사합니다."

황보미윤이 마련해 준 자리에 앉자 그녀의 말대로 비무장이 무척이나 잘 보였다. 오대세가와 구파일방의 인물들이 진천에게 다가오고 싶어 했지만 모용화, 팽설영 그리고 황보미윤에게 둘러싸여 있어 다가오지 못했다.

그사이 종진우가 비무장에 올라오는 것이 보였다.

"저희도 참가하고 싶었는데… 아쉽지요? 황보 언니."

"그러네."

모용화의 말에 황보미윤이 그렇게 말했다.

모용화와 팽설영은 비무 대회에 참가할 수 없었다. 각 가문과 세력에서 한 명씩만 참여할 수 있도록 제한을 두었기 때문이었다. 모용세가에서는 장남인 모용지, 하북팽가에서는 차남인 팽방준이 이름을 올렸다. 모두 다 쟁쟁한 실력으로 마지막 비무를 앞두고 있었다.

황보미윤은 비무 대회에 참가하는 것보다는 진천의 곁에 있는 것을 택했다. 황보미윤의 무공은 예선에서 통할 수준이기는 하지만 본선까지 오를 정도는 아니었다. 그녀는 진천의 곁에서 자리를 확고히 다질 것을 결심하고 있었다.

그런 생각을 아는지 모르는지 진천은 비무장을 바라보고 있었다.

'구파일방, 오대세가의 강세가 뚜렷하군.'

지금까지 올라온 자들만 보더라도 신진 세력은 없었다. 모두 오대세가나 구파일방에 속한 자들이었다.

대진표는 구파일방과 오대세가의 참가자들이 본선에서 만날 수 있게 설계되어 있었지만 안타깝게도 자리가 부족해 종진우와 남궁휘가 대결하게 되었다.

자존심이 걸려 있는 만큼 응원을 하기 위해서 온 자들이 많았다. 맞은편의 자리에서 화산파 매화검수들의 모습이 보였다.

종진우가 비무장에 오르자 남궁휘 역시 모습을 드러냈다. 남궁휘의 모습은 그림 같았다.

진천이 다소 선이 약한 미공자라면 남궁휘의 모습은 사내다운 미남이었다. 남궁휘가 모습을 드러내자 환호성이 터져 나왔다.

"종 소협이 인기에서는 밀리네."

"창천일룡(蒼天一龍) 남궁휘이니까 그런 거겠지요."

모용화와 팽설영의 대화였다. 남궁휘는 창궁무애검법(蒼穹無涯劍法)을 주로 사용했다. 남궁세가에서 가장 기초적인 검법이지만 남궁세가의 정수가 담겨 있다고 해도 과언이 아니었다. 가주와 차기 가주만이 익힐 수 있는 제왕검법을 연공하기 위해서 꼭 대성해야 하는 검법이기도 했다.

들리는 소문에 의하면 남궁휘가 제왕검법에도 어느 정도

성취가 있다고 하니 창궁무애검법을 대성했을 것이 분명했다. 지금의 그를 창천일룡이라고 불리게 만든 검법이었다.

그에 비해 종진우는 이제 막 매화삼십육신검형(梅花三十六神劍形)을 익히고 매화낙영검법(梅花落英劍法)을 사사받는 중이었다. 화산파의 절기 중 하나이긴 하지만 제왕검법에 비할 수는 없었다.

'힘들겠군.'

냉정하게 본다면 종진우가 승리할 확률은 1할도 되지 않을 것이다.

종진우는 긴장을 하고 있지만 남궁휘는 완벽히 자신을 통제하고 있었다. 그것에서부터 차이가 나고 있었다.

비무가 시작되고 종진우와 남궁휘가 동시에 움직였다. 화려하게 보법을 밟으며 검을 놀리는 모습은 여러 사람의 감탄을 자아내게 만들었다.

매화삼십육신검형과 창궁무애검법이 서로 얽혀가며 검기가 터져 나갔다.

두 검법은 호각이었지만 검법의 이해도에서 차이가 나기 시작했다. 떨어져 내리는 매화가 거세게 부는 바람에 사라지고 있었다.

'쓸 만한 무공이군.'

진천은 남궁휘의 움직임을 자세히 보았다. 종진우의 검을 피하며 유려한 움직임을 보여주고 있었다.

검이 섞여 들어가는 와중에도 남궁휘의 움직임에는 제약이 없었다. 남궁세가의 무한보가 펼쳐지고 있는 것이다.

진천은 남궁세가의 무공을 보자 그것이 내포하고 있는 깨달음이 보이는 것 같았다. 한 번 본 무공에는 절대로 당하지 않을 자신이 있었다. 연마를 한다면 그것과 비슷하게 흉내를 낼 수도 있을 것이다.

수세에 몰린 종진우의 검형이 달라졌다. 매화낙영검법을 전개하기 시작했다. 그러자 상황이 일변하며 남궁휘의 검법이 파훼되었다. 남궁휘는 놀란 듯 종진우를 바라보았다.

진천에게서 얻어간 심득이 빛을 발하고 있었다.

"종 소협도 대단하시네요!"

"좋았어! 힘을 내요! 종 소협!"

황보미윤과 모용화가 그렇게 외쳤다.

수세에 몰려 있던 종진우가 힘을 내는 모습은 굉장히 극적으로 다가왔다. 그에 남궁휘도 진지한 모습을 보여주고 있었다. 그의 검에 검강이 서리는 순간이었다.

콰아앙!

종진우의 매화낙영검법이 무너지며 뒤로 크게 튕겨 나갔다.

검을 바닥에 꽂아 넣으며 멈춘 종진우는 남궁휘의 검에 검강이 서려 있는 것을 보자 쓴웃음을 지었다.

방금 전의 한 수로 그와의 실력 차이를 실감한 것이었다.

"졌습니다."

종진우가 검을 거두며 패배를 인정했다. 남궁휘는 그 말에 검을 내렸다.

"화산파의 검을 견식할 수 있어서 영광이었습니다."

"많이 배웠습니다."

종진우는 패배를 했음에도 상쾌한 표정이었다. 모든 면에서 밀리고는 있었으나 결코 닿지 못할 경지가 아님을 깨달은 것이다. 따라잡을 자신이 있었다.

와아아아아!

환호 소리가 울려 퍼졌다.

"깨달음을 얻으셨나 봅니다."

"형님을 만나기 전이였다면 삼십합을 넘기지 못했을 것입니다."

"형님이라 하시면?"

"단진천, 그분입니다."

환호 소리에 묻혀 다른 사람들에게는 들리지 않는 대화였다. 그 대화를 들을 수 있는 자들은 극소수뿐이었다. 물론 진천 역시 들을 수 있었다.

남궁휘는 조용히 고개를 숙이며 등을 돌렸다. 그 역시 진천의 비무를 보며 많은 것을 느끼는 듯했다.

"검강이라니… 아쉽게 되었네요. 단 공자님은 어떻게 보셨나요?"

황보미윤의 물음에 주변에 있던 시선이 진천에게 모아졌다.

주변에 있는 사람들 모두가 진천이 남궁휘를 어떻게 생각하는지 듣고 싶어 했다. 이미 남궁휘와 진천의 대결 구도가 생긴 이후였기 때문이었다.

"훌륭하군요. 마지막 그 초식은 누구도 쉽게 받아낼 수 없을 것입니다. 비록 패하기는 했으나 그걸 받아낸 진우가 대견하군요."

"후훗, 그렇군요."

진천은 남궁휘를 높이면서도 종진우에 대한 칭찬을 하였다. 그러자 역시 진천이라는 듯 모두가 고개를 끄덕이며 흡족해했다.

'흑운의 상대도 되지 못하겠군.'

흑운이 자신의 실력을 낸다면 남궁휘 정도는 쉽게 죽일 수 있을 것이다. 진천은 애써 실망을 감추었다. 하나 뿐인 그의 가족을 죽인 자가 저렇게 형편없는 경지에 있으니 화가 나기도 했다.

'처참히 망가뜨려 주지.'

진천은 속내를 감추면서 자리에서 일어났다. 진천은 종진우가 있는 곳으로 향했다. 매화검수들에게 둘러싸여 위로의 말을 듣고 있는 종진우가 보였다.

"형님."

"아쉽게 되었구나."

화산파는 아쉽지만 이번 비무 대회에서 탈락하게 되었다.

종진우 정도라면 본선에서 무난히 순위권 안에 들 수 있었는데 대진이 나빴다.

"다음에는 지지 않을 것 같습니다."

종진우는 그렇게 말하며 웃어 보였다. 패배를 깔끔히 인정하고 훗날을 도모하는 모습은 참으로 훌륭했다. 과거에 만났다면 좋은 사이가 되었을지도 몰랐다. 무림인들이 모두 종진우 같았다면 과거의 비극은 일어나지 않았을지도 몰랐다.

진천을 따라온 다른 이들도 종진우에게 한 마디씩 건넸다.

진천을 중심으로 화기애애한 분위기가 만들어졌다. 서로 더욱 친해지고 있었다.

진천이 의도하든 그렇지 않든 진천에게는 사람을 끌어당기는 매력이 있었다. 그것은 어마어마한 무기가 되어줄 것이다.

"그래도 오늘은 술을 먹고 싶네요."

"내가 사도록 하지."

진천의 말에 종진우가 환하게 웃었다. 뒤에 있던 모용화가 머뭇거리면서 진천을 바라보았다.

"저… 오라버니?"

"음?"

"아버지께서 오늘 도착하신데요. 그게… 저번 일로……."

"그렇군."

모용화가 자세히 말하지 않았지만 진천은 알겠다는 듯 고개를 끄덕였다.

"하하, 술은 다음에 마셔야겠군요."

"미안하게 되었어."

"아니에요. 모든 것에는 순서가 있는 법이잖아요."

"이제 제법 도사처럼 말하는군."

진천의 말에 종진우는 소리 내어 웃었다.

모용세가의 가주가 직접 올 정도이니 진천에게 얼마나 고마운 마음을 지니고 있는지 알 수 있는 대목이었다.

모용세가의 가주는 팔불출로 유명해서 딸의 일이라면 무슨 짓이든 한다고 소문이 난 자였다. 황보미윤을 몹시 아끼는 황보대산보다도 더하다는 이야기를 들은 적이 있는 진천이었다.

'이용해 먹기 딱 좋군.'

복수를 했고 새로운 기회를 만들었다. 굉장히 흡족한 일이었다.

*   *   *

진천은 숙소에서 휴식을 취했다. 휴식이라고 이름을 붙이기는 했지만 심상 수련이라고 봐야 했다.

가부좌를 틀고 앉아 가상의 적을 상정해 놓고 대련하였다. 흑풍, 흑화, 흑운과의 대련은 생각보다 시시하게 끝났다. 흑천과는 좋은 승부를 할 수 있었다.

진천은 무림맹주를 떠올려 보았다. 단지 마주 본 것만으로도 몇 수 위라는 것을 확연히 느낄 수 있었다.

무림맹주가 익힌 무공은 알 수 없었지만 그의 강함은 짐작할 수 있었다. 모든 전력을 다해도, 기습 또는 암살을 시도해 봐도 소용이 없었다.

'역시 지금은 무리군.'

본심을 들키지 않은 것만으로도 고무적인 일이었다. 절대지존이라 추앙받는 그를 속였으니 다른 이들을 속이는 것은 쉬울 것이 분명했다.

저녁 무렵이 되어서야 진천은 조용히 눈을 떴다. 생각보다 심력 소모가 대단했다.

하지만 사혼단은 그를 지치게 하지 않았다. 고통을 느낄수록 그의 정신을 계속해서 붙잡아주었다.

진천은 자리에서 일어났다. 모용세가의 가주와 만남이 있었기 때문이다. 숙소 밖으로 나오자 모용화가 진천을 기다리고 있었다.

"오라버니!"

"많이 기다렸느냐."

"아니에요. 자, 가시지요!"

모용화가 밝게 웃으며 말했다.

진천은 모용화를 따라 무림맹 근처에 있는 조용한 객잔으로 향했다. 크고 화려한 객잔인 만큼 무림맹의 관리하에 비무 대회 동안에는 구파일방이나 오대세가의 중요한 손님만 받기로 되어 있는 곳이었다.

비무 대회에 참가하는 구파일방과 오대세가의 후기지수들도 머물 수 있었지만 그들은 친목을 위해 진천이 머무는 숙소에 머물고 있었다.

객잔으로 다가가자 주변을 지키고 있는 무림맹 소속의 무인들이 보였다. 비교적 젊은 축이었는데 진천을 보자 먼저 인사를 건네왔다. 진천이 예의 바르게 응대하자 그들은 만면에 웃음을 머금었다.

"오라버니는 누구에게나 친절하시네요."

"무림의 평화를 위해 수고하시는 분들이 아니느냐. 무림맹 소속인 선배들께 존경을 표하는 것은 후배로서의 예의일 터."

"후우, 진천 오라버니의 적이 될 자가 있는지 궁금할 정도네요."

진천은 모용화의 말에 부드럽게 웃었다.

"빠, 빨리 가죠!"

모용화는 살짝 얼굴을 붉히다가 먼저 앞서갔다.

진천은 웃음을 지운 후 모용화를 따라 객잔 안으로 들어갔다.

객잔 안은 조용했다. 안에 머물고 있는 자들은 모두 대단한 고수들뿐이었다. 발자국 소리가 거의 들리지 않았다. 여기저기 몸을 숨기고 있는 호위 무사들의 기척이 진천의 감각에 걸려들었다.

'흑영대가 낫군.'

흑영대의 은밀함에는 못 미쳤다. 호위 무사와 살수의 차이이기는 하지만 본신 무공도 저들에게 밀리지 않을 것이다.

진천은 그들의 시선을 지나쳐 모용세가의 사람들이 머물고 있는 곳으로 향했다.

그들은 한쪽 구역을 다 쓰고 있었는데 객잔 밖으로 보이는 뜰이 인상적이었다. 뜰에는 연못에 있었는데 황금색 잉어가 헤엄쳐 다니고 있었다.

넓은 방 안으로 들어가자 모용세가의 가주와 모용지의 모습이 보였다. 모용지는 이미 인사를 나눠 알고 있었다.

"자네가 그 단진천이로군. 내가 바로 모용세가의 가주 모용주일세."

"만나 뵙게 되어 영광입니다."

모용주는 진천의 앞으로 다가와 진천을 한참이나 뚫어져라 바라보았다.

진천은 그 눈을 피하지 않고 차분한 눈으로 그를 마주 보았다.

"허허허."

모용주는 만족한 듯 웃으면서 양팔로 진천의 어깨를 붙잡았다.

"자네에게 큰 빚을 졌네. 뭣들 하느냐! 은인께 인사하지 않고!"

모용주의 말에 주변에 있던 모용세가의 식솔들이 진천에게 고개 숙여 감사를 표했다.

모용주는 생각보다 호탕한 자였다. 황보대산과 같은 부류였는데 황보대산에게 있는 격식은 찾아보기 힘들었다.

"자자, 어서 앉게나."

"예."

자리에 앉자 산해진미가 차려졌다. 모용주는 진천의 옆에 다소곳하게 앉아 있는 모용화를 흐뭇하게 바라보았다.

'다 자랐군.'

소녀에서 여인이 되는 것은 한순간이었다.

철이 없고 까불기를 좋아하는 모습은 사라지고 없었다.

모용화는 자신의 실력에 자신하여 홀로 비무 대회를 참관

하러 떠난 것이었다. 모용주는 바로 뒤쫓았지만 종진우와 더불어 팽설영과 합류한 것을 알게 되고 추적을 하지 않았던 것이 화근이었다.

'설마 종남파의 개망나니 놈이 그런 짓을 벌일 줄이야.'

모용화는 모용주에게 있어서 축복이자 삶의 이유였다. 무공밖에 모르던 그에게 가장 소중한 존재였다.

모용지에게는 안타까운 일이지만 모용주는 모용화를 더 아꼈다. 모용지는 그것을 이해하고 있었다. 모용지 역시 마찬가지였기 때문이다. 그도 아버지보다는 여동생을 더 아꼈다. 모용세가의 남자다운 모습이었다.

"그날의 일은 자세하게 묻지 않겠네. 다만, 내가 자네에게 구명지은을 입었다는 것을 알아주게나."

"구명지은… 말이십니까?"

"그래. 만약 내 딸이 험한 꼴을 당했다면 종남파도 죽고 나도 죽는……."

"아버지!"

모용주의 말을 끊은 것은 모용화였다.

모용주는 멋쩍은 듯 헛기침을 했다.

모용주라면 충분히 가능한 일이었다. 모용화의 순결이 더럽혀졌다면 모용주는 단신으로 종남파에 쳐들어가 놈을 그 자리에서 죽이고 막아서는 모든 자를 도륙했을 것이다.

그는 즉흥적이었지만 그 상황에서도 상황 판단을 할 줄 알았다. 모용화가 어렸을 적에 납치당할 뻔한 사건이 있었는데 모용주는 그와 관련된 자들을 한해가 넘기는 기간 동안 추격하여 척살하였다.

　그 이야기가 모용화에게 들어오는 혼담을 모두 막아서는 꼴이 되었다.

　"흠흠, 자네가 원하는 것을 하나 해주겠네. 무엇을 원하나?"

　"대가를 바라고 한 일이 아닙니다. 당연한 일을 했을 뿐입니다."

　"원하는 것이 없는가?"

　"대가를 바라고 한 일이었다면 그 종남파의 색마와 다를 것이 없지요."

　모용주는 만족스러운 미소를 지었다. 그날의 일을 언급하고 범인을 언급했음에도 모용화는 불안하거나 상처받은 기색이 없었다. 오로지 진천을 멍하니 바라볼 뿐이었다.

　"흠… 황보세가의 여식과 긴밀한 사이라지?"

　"단문세가와 저는 그녀에게 많은 도움을 받았습니다."

　진천의 대답에 모용주의 눈에 이채가 서렸다.

　"그 말은 정식으로 혼담이 오가거나 하지는 않았……."

　"아버지! 너, 너무 빨라요! 그러니까……."

　"남녀 일에 안 급한 일이 뭐가 있겠느냐. 허허허!"

모용주가 그렇게 말하자 모용화는 얼굴을 붉힐 뿐이었다.

즐거운 분위기 속에서 식사가 계속되었다. 진천은 예의를 갖추면서도 뛰어난 입담을 뽐냈다. 그는 순식간에 분위기를 장악했고 이야기를 이끌어갔다.

모용주는 처음에 진천을 보고 대단한 근골을 지닌 싹수가 노란 인재일 거라 생각했다.

그에 대한 소문은 믿을 것이 못 된다고 생각했지만 실제로 보니 오히려 소문이 과소평가된 것이었다.

근골뿐만 아니라 인품도 훌륭했고 무엇보다 믿겨지지 않을 만큼 대단한 경지에 도달해 있었다. 천하제일가라 불리는 남궁세가의 소가주조차 어린애로 보일 정도였다.

만약 단진천이 모용세가의 무공을 대성하게 된다면 어떻게 될까? 단문세가의 단천검법은 모용세가의 무공에 비하면 손색이 있었다. 진천은 그 단천검법으로 저 경지에 도달한 천하의 인재였다.

모용주는 주먹을 불끈 쥐었다. 미래의 천하제일인이 눈앞에 있는 것일지도 몰랐다.

'단문세가에서 용이 나왔군.'

눈에 넣어도 안 아플 딸아이를 누구와 견주어 부족하다고 생각한 적이 단 한 번도 없었다. 그런데 진천을 보면 볼수록, 대하면 대할수록 진천이 더 커보였다.

'황보대산과 결착을 지어야겠어.'

진천을 챙기고 있는 모용화의 모습이 보이자 모용주는 그렇게 생각을 굳혔다.

황보대산.

모용주와 황보대산은 오랜 인연이 있었다. 만날 때마다 비무를 했고 승부를 보지 못했다. 나이를 지긋하게 먹은 지금도 만날 때마다 싸움을 했는데 이 모두가 딸 자랑에서 시작된 일이었다.

무림맹주가 둘이 같은 자리에 있을 때는 조심하라는 말까지 퍼뜨릴 정도였다.

"기왕 이렇게 된 거 자네가 우승을 하는 걸 보고 가야겠군."

"본선에는 쟁쟁한 자들이 많습니다."

"그래 봤자 자네에게 훨씬 못 미칠 테지. 내 아들놈이 자네를 최대한 늦게 만났으면 하는 바람일 뿐이네."

모용지는 그 말에 호승심이 생기는 듯했다.

식사가 끝나고 한동안 담소가 계속되었다. 진천은 모용주의 질문에 성심성의를 다해 대답해 주었다. 산동에서 있었던 일들을 이야기해 주자 모용주는 크게 감탄하며 연신 고개를 끄덕였다.

진천의 이야기를 듣고 있으면 마치 그 상황이 눈앞에서 펼쳐지는 것 같았다.

이야기가 끝났을 때는 진천의 어깨에 손을 올리며 장한 일을 했다고 말해주었다. 특히 황보세가를 위해서 했던 일들은 모용주에게는 큰 감동이 되었다.

진천의 주변을 바라보니 구파일방의 사람들도 몰려와 이야기를 듣고 있었다.

'생각보다 효과가 좋군.'

이곳에 있는 사람들에게 강한 호감을 심어줄 수 있었다.

모용주는 이제 진천을 거의 아들 대하듯 대하고 있었다. 진천의 계산보다 더 급속도로 친해진 것이다. 그 덕분인지 모용지와도 격식 없는 사이가 될 수 있었다.

진천은 모든 호감을 마다하지 않았다. 자신의 편은 많은 편이 좋았다. 이용해 먹을 수 있는 것들이 많아지는 것이었기 때문이다.

진천은 밤늦게까지 모용주와 대작을 한 후에야 풀려날 수 있었다.

"죄송해요. 아버지 때문에……."

"괜찮아. 좋은 시간이었어."

진천은 모용화와 함께 숙소로 돌아가는 길목에 올랐다. 늦은 밤의 무림맹은 제법 운치가 있었다. 은은하게 거리를 밝혀주는 호롱불과 반딧불이 환상적으로 어울렸다.

숙소로 돌아온 진천은 후기지수들이 모여 격렬하게 토론하는 것을 볼 수 있었다. 밤이 늦었음에도 한창 토론에 열을 올리는 중이었다.

'혈기왕성하군.'

진천이 들어오자 시선이 모아졌다.

토론의 중심에는 남궁휘가 있었다. 그리고 제갈소현의 모습이 보였다. 오늘 막 이곳에 도착한 것 같았다.

진천을 본 제갈소현의 눈빛이 흔들렸다.

진천은 제갈소현이 이곳에 온 이유를 알고 있었다. 제갈남진이 진천을 함정에 빠뜨리기 위해 보낸 것이었다.

그녀는 출중한 지략을 지니고 있었다. 전략 전술 방면에는 황보미윤보다 앞서고 있다는 평가가 있을 정도였다. 그렇기에 남궁휘와 함께 격렬한 토론을 이끌어 갈 수 있었던 것이다.

"오! 드디어 오셨군요! 단 소협!"

"기다리고 있었습니다."

많은 자가 진천을 환영했다.

"오랜만이군요."

"그렇군요. 제갈 소저."

제갈소현은 어두운 표정을 감추며 진천에게 호의적인 미소를 건넸다.

그녀의 연기는 감쪽같아서 이곳에 있는 자들이 눈치채지

못했다. 황보미윤만이 고개를 갸웃하며 그 광경을 보고 있었다.

후기지수들이 진천에게 토론에 참여할 것을 권유했지만 진천은 피곤하다는 이유로 거절했다. 모두가 아쉬워하는 분위기였다.

진천은 간단히 인사를 나눈 후에 방으로 올라갔다.

방으로 들어가자 흑운이 나타나 부복했다.

"주군."

진천은 흑운에게 남궁휘의 곁에 있던 여인을 감시할 것을 명했다. 그에 대한 성과가 있던 모양이다.

"그녀는 무림맹을 조사하고 있었습니다. 무언가 다른 목적이 있는 것 같습니다."

"흥미롭군. 그것이 남궁세가의 의도인가?"

"남궁휘가 아무런 행동을 취하지 않는 것으로 보아 그런 걸로 보입니다. 하지만 그냥 방조하는 것일 수도 있겠지요."

의외의 내용에 진천은 강한 흥미를 느꼈다. 무림맹에서 무엇을 찾고 있는지는 모르지만 정상적인 이유로는 보이지 않았다.

"남궁휘와 알 수 없는 여인이라……. 재미있는 조합이군."

남궁휘를 죽이기 전에 여흥 정도는 될 것 같았다.

"계속 감시하도록."

"존명!"

흑운의 모습이 그 자리에서 사라졌다.

예정에 없던 존재인 만큼 변수로 작용한다면 일을 그르칠 수도 있었다. 변수가 생기기 전에 싹을 잘라 버리는 것이 가장 좋은 방법일 것이다.

진천은 피식 웃고는 가부좌를 틀었다.

그는 절대 쉬지 않았고 계속해서 앞으로 나아가고 있었다.

제2장
본선

비무 대회의 본선이 시작되는 날이 밝아왔다.

본선은 총 이틀에 걸쳐서 진행되었다. 결승을 제외한 모든 대회가 단 하루 만에 끝이 나는 것이다.

진천은 깨끗한 무복을 입고 단천검을 들었다.

진천이 숙소 밖으로 나오자 분주하게 움직이는 이들을 볼 수 있었다. 구파일방의 원로들과 무림맹주가 참관하는 비무 대회이니 만큼 모두가 크게 신경을 쓰고 있었다. 그들에게 잘 보이고 싶은 마음이 무림인들의 옷차림에서부터 느껴졌다.

'무림맹에 들게 되면 출셋길이 열린다고 했던가.'

잡일을 하게 되더라도 무림맹 소속이 되면 떵떵거리고 살수 있다는 소문을 들었던 기억이 있었다. 과거에도 그랬을 터인데 지금은 더욱 무림맹의 권세가 높아졌다.

비무 대회의 본선에만 들어도 출셋길이 열리는 것과 다름없었다.

구파일방과 오대세가를 제외한 다른 세력 소속의 무인이 셋이나 존재했다. 낭인도 있었고 작은 문파의 검수도 있었다.

그들은 본선이 시작되지도 않았지만 마치 우승한 것처럼 기뻐했다. 본선에 오르게 되면 무림맹에 들 수 있는 자격이 주어졌기 때문이다.

'이번에 우승을 하게 되면 후기지수들을 이끄는 권한을 준다고 했던가?'

모두가 탐낼 만한 자리였다. 진천 역시 그 자리가 탐났다.

무림맹의 깊숙한 심장부에 있는 좋은 자리였다.

본선에 오른 후기지수들 중에 그의 적수가 없었으니 이미 우승은 진천의 것이었다. 중요한 것은 단진천이라는 인물을 모두의 머리와 가슴에 새겨주는 것이었다.

"비무장까지 모시겠습니다."

흑운이 그렇게 말하며 진천을 호위했다.

황보미윤을 포함한 오대세가, 구파일방에 소속된 자들은 모두 모여 선배들께 인사를 하러 갔다고 한다.

그것은 그들만의 방식이었기에 진천은 굳이 그렇게 할 필요가 없었다.

"와아! 단천검룡이다!"

"산동무림의 힘을 보여주십시오!"

"신룡단의 단 단주님이시다!"

진천이 숙소 밖을 나서 모습을 보이자 산동에서 몰려온 무림인들이 그렇게 외쳤다.

그들 사이에는 신룡단의 인물들도 보였다. 진천을 응원하기 위해 산동에서 온 것이었다.

진천은 그들에게 인사를 하고는 비무장으로 향했다. 예선이 이루어졌던 비무장과는 달랐다. 더욱 넓고 깨끗했다. 무림맹에서 이번 비무 대회를 위해 특별히 만든 비무장이었다.

본선에 오른 모든 참가자를 위한 개인 대기실까지 마련되어 있었다. 흑운은 입구까지만 따라오고 진천이 부여한 임무를 위해 사라졌다.

"내 상대는……."

종남파의 태을육검 진종창이었다.

금고진이 종남파에서 제명되고 나서 주목을 받게 된 후기지수였다. 금고진과 유난히 어울려 다니면서 질 나쁜 소문을 양산한 자이기도 했다.

진종창은 금고진의 대체 자격으로 나와 어렵게 본선에 올랐다. 대진표가 무척이나 좋았는데 무림맹이 종남파를 위로하는 차원에서 배려한 듯 보였다.

대진표가 좋기는 했지만 수세에 몰리다가 허무하게 이기는 경기가 많았다. 운이라고 보기엔 미묘한 구석이 있기는 했지만 신경 쓸 필요는 없을 것이다.

'심심풀이도 안 되겠군.'

정신을 가다듬거나 따로 비무를 위해 무언가를 준비할 필요는 없었다.

본선에 오른 다른 후기지수들은 선배의 조언을 듣거나 운공을 했지만 진천은 그저 한쪽에 마련되어 있는 차를 마실 뿐이었다.

차를 마시는 순간 진천의 얼굴에 미소가 스치고 지나갔다.

'독이 들었군.'

씁쓸한 맛이 느껴졌다.

누군가의 수작인지는 모르지만 무림맹은 아닐 것 같았다. 제갈소현이라고 생각하기에는 수법이 너무 허술했다.

독의 종류는 산공독이었다.

만약 제갈소현이 일을 벌였다면 제갈남진에게 받은 고독을 썼을 것이다.

제갈소현은 신중하게 진천에게 접근할 시기를 기다리고 있었다. 그녀의 그런 생각들이 진천에게는 훤히 보였다.

'참가자만이 대기실 쪽으로 접근할 수 있으니 참가자 중에 한 명이겠군.'

대충 누구인지 짐작이 되었다. 직접 대면해 보면 알 수 있으리라.

진천은 자신의 차례가 오기를 기다렸다.

다른 후기지수들의 비무를 참관할 필요는 없었다. 남궁휘만 조금 뛰어날 뿐 어차피 거기서 거기였기 때문이다.

'그런 자들을 부러워했던 건가.'

삼류 무인밖에 되지 않던 시절 명문정파의 후기지수들이 너무나 빛나 보였다. 그들의 재능이 너무나 부러웠다.

그러나 지금은 그저 한심하게 보일 뿐이었다.

진천이 강한 이유도 있었지만 목표로 하는 곳이 다르기 때문이기도 했다.

과거의 진천은 그저 일류 고수가 되기를 갈망했었고 지금의 진천은 무림맹과 마교가 처절하게 몰락하기를 원했다.

'급할 것 없다. 시간은 나의 편이다.'

진천은 그렇게 생각하며 조용히 독이든 차를 마셨다.

독은 진천에게 아무런 효과가 없었다. 혼기가 독을 잡아먹어 버렸기 때문이다. 약간 씁쓸한 맛이 느껴지는 것이 나름 괜찮았다.

독은 차뿐만 아니라 대기실 여기저기에 묻어 있었다.

진천이 내력을 방출하자 독이 모조리 증발하며 사라져 버렸다.

한동안 의자에 앉아 기다리자 진천의 차례가 다가왔다.

진천은 자리에서 일어나 비무장으로 향했다.

진천이 비무장에 오르자 많은 관객이 환호성을 내질렀다. 가장 높은 자리에 앉아 있는 무림맹주가 보였다.

그의 주변에는 구파일방, 그리고 오대세가의 주요 인물들이 앉아 있었다. 모용주의 모습 또한 보였다.

그들이 앉아 있는 밑에는 특별 참관석이 마련되어 있었는데 오대세가의 자제들이 앉아 있었다.

황보미윤이 진천을 보며 환하게 웃었다.

그녀는 그중에서도 아름다웠다. 늘 입던 검소한 옷이 아닌 무림맹에서 마련해 준 옷으로 치장하고 있었다.

많은 무림인에게 모습을 보이니 만큼 오대세가의 자제들은 특별히 신경을 쓴 모습들이었다.

그곳에는 남궁휘와 복면의 여인도 있었다. 그는 무난하게 첫 승리를 따낸 것으로 보였다.

진천은 고개를 돌려 자신의 상대를 바라보았다.

진종창이 오만한 표정으로 서 있었다. 역시 믿는 구석이 있어 보였다.

"오늘로 네 명성은 끝이 날 것이다."

"명성이라……."

진천은 고개를 설레 저었다.

진종창은 호기롭게 검을 뽑아 들었다.

역시 색마와 같이 지낸 자답게 황보미윤과 모용화 쪽을 힐 끔거리며 최대한 멋진 자세를 잡으려 노력하는 모습이 보였 다.

종남파의 기수식이 품고 있는 장대한 뜻을 가볍게 버리고 있는 모습이었다.

무림맹주의 옆에 앉아 있는 종남파의 원로가 인상을 찡그 리는 것이 보였지만 진종창은 신경조차 쓰지 않고 있었다.

"검을 뽑지 않고 무엇을 하는 게냐! 흐흐, 혹시 겁을 먹은 건가?"

그의 목소리가 울려 퍼졌다. 오만한 말투에 관객들이 웅성 거렸지만 진종창은 오히려 그것에 기뻐했다. 자신이 화려하게 주목을 받고 있어서였다.

진천은 그의 말에 미소를 지으며 천천히 단천검을 뽑았다.

스윽!

단천검법의 기수식을 취했다.

진종창과는 다르게 단천검법이 내포한 의지가 보이는 것 같 았다. 단지 검을 뽑고 자세를 잡았을 뿐인데도 진종창이 몇 걸음 물러났다. 기세에 밀린 것이다.

진천의 귀에 무림맹주의 입에서 감탄이 터져 나오는 것이 들렸다.

'시간을 끌면 내가 이긴다. 단진천을 잡는다면 나도 명성을 떨칠 수 있다!'

진종창은 검을 꽉 쥐며 진천을 노려보았다. 최대한 시간을 끌려고 노력했다. 시간을 끈다면 산공독이 퍼져 그가 내공을 쓰지 못하게 될 것이다.

거금을 주고 구한 산공독이었다. 산공독은 효과가 발휘된 후 독성이 사라져 흔적이 남지 않았다.

진천이 가볍게 검을 휘두르자 진종창은 뒤로 물러나며 방어 초식을 펼쳤다. 누가 보더라도 과한 움직임이었다. 마치 겁먹은 거북이 같은 모양새였다.

진천이 살짝 인상을 찡그리자 진종창은 만면에 웃음을 머금었다. 드디어 독기가 감도는 것 같았기 때문이다.

"하압!"

진종창이 태을검법을 펼치며 진천에게 달려들었다. 검법은 엉성했고 내공의 흐름이 끊겨 위력이 볼품없었다.

낭인들이나 일류에 머물고 있는 무인에게는 통할지 모르나 진천에게는 어린아이 장난으로 보였다.

진천이 가볍게 검을 휘두르자 진종창이 뒤로 튕겨 나가며 바닥을 굴렀다.

단천검법을 펼친 것도 아니었다. 그저 가볍게 검을 맞대었을 뿐이었다.

치욕스럽게 바닥을 구른 진종창은 부들부들 떨리는 눈으로 진천을 바라보았다.

'이, 이런 말도 안 되는 내력이……! 사, 산공독이 통하지 않는 것인가?'

진종창은 쉴 새 없이 눈알을 굴렸다. 진천은 그 모습에 부드러운 미소를 그렸다.

"기다리고 있는 그런 일은 발생하지 않을 것입니다."

"무, 무슨 말을……."

"산공독."

"허억! 그걸 어떻게……! 허엽!"

진종창이 주춤거리며 자신의 입을 막았다.

그러고는 주변을 바라보았다. 종남파의 원로가 자리에서 벌떡 일어나는 광경이 보였다.

관객들에게는 들리지 않았으나 무림맹주와 주요 인사들은 대단한 경지의 무공을 지니고 있었다. 진종창의 목소리가 그들의 귀를 피해갈 수는 없었다.

"지금이라도 자백한다면 용서해 주실 겁니다."

"우, 웃기지 마라!"

진종창은 모든 내력을 끌어모았다. 진천을 죽여서라도 입을 막아야 했다.

진종창은 검을 내리고 있는 진천이 방심하고 있다고 여겼다. 기회는 이때뿐이라 생각했다.

진종창이 검에 검기가 치솟았다.

보법을 밟으며 진천의 사혈을 노리고 찔러 들어갔다.

진종창의 검이 지척에 달하는 순간까지도 진천은 검을 들지 않았다. 진종창은 자신의 검이 진천의 사혈을 찌를 것이라 확신했다. 하지만 곧 그 확신은 경악으로 물들었다.

티잉!

무슨 일이 일어난 것인지 전혀 느낄 수 없었다. 자신의 검이 손아귀에서 튕겨 나가 바닥에 꽂혀 있었다. 그리고 진천이 자신의 목에 검을 겨누고 있었다.

진종창과 진천의 눈이 마주쳤다.

진천의 눈에는 아무런 감정이 담겨 있지 않았다. 너무나 쉽게 검을 휘둘러 자신의 목을 베어버릴 것 같았다.

털썩!

진종창이 바닥에 주저앉으며 몸을 덜덜 떨었다.

진천의 내력이 그의 몸으로 깃들며 그의 정신을 마비시켰다. 진종창은 막대한 두려움에 사로잡혀 비명을 질렀다.

"으, 으아아아! 사, 살려줘! 살려줘!"

그렇게 소리치며 바닥에 오줌을 지렸다. 진천은 조용히 검을 거두고 물러날 뿐이었다.

잠시 침묵이 감돌았다. 그러다 환호성이 비무장을 뒤흔들었다.

그 환호성 속에는 진종창에 대한 비웃음도 섞여 있었다.

겁을 먹고 비명을 지르다가 오줌을 지리는 모습은 돈 주고도 못 볼 광경이었다.

털썩!

종남파의 원로가 화를 참지 못하고 부들부들 떨다가 자리에 주저앉았다.

진천은 무림맹주에게 고개 숙여 인사하고는 비무장 밖으로 빠져나왔다.

넋이 나간 듯 아직도 비무장에 주저앉아 있는 진종창 때문에 비무 대회가 잠시 지연되었다. 진천은 대기실에 앉아서 여유롭게 차를 마실 뿐이었다.

잠시 그렇게 있자 누군가가 찾아왔다.

대기실에는 누구도 들어올 수 없었는데 자유롭게 들어온 것을 보면 높은 위치의 사람임이 분명했다.

진천이 일어나자 그가 모습을 드러냈다.

무림맹주의 옆에 앉아 있던 종남파의 원로였다.

"단 소협."

"무림말학 단진천이 종남파의 대선배님을 뵙습니다."

진천의 말에 원로는 인자하게 웃으며 고개를 끄덕였다.

진천은 열린 문을 조심스럽게 닫으며 원로를 바라보았다.

"미안하게 되었네. 그 아이가 설마 그런 일을 벌일 줄은 몰랐네."

"저도 당황스러웠습니다."

"자네의 경지가 높아 산공독에 당하지 않아서 다행이네."

원로가 은밀히 찾아온 연유를 진천은 짐작했다.

원로는 선뜻 말하기 힘들어했다. 진천의 성정을 소문으로 들어 알고 있었기 때문이다.

불의를 참지 못하고 옳은 일을 위해 목숨을 거는 자가 바로 진천이었다.

"저는 조용히 있겠습니다."

"저, 정말인가? 정말 그래 줄 수 있는가?"

"종남파에서 정의롭게 처벌해 주실 것이라 믿고 있습니다."

"물론이고말고! 허허허!"

원로는 한시름 놓았다는 듯 웃음을 내뱉었다.

"금고진의 일도 있는 데다가 이번 일까지 알려지면 종남파는 고개를 들고 다닐 수 없을 것이네. 정말 고맙네."

"아닙니다. 다만, 이번 일이 한 번이 아닌 것 같다는 생각이 듭니다."

"음, 그렇겠지."

원로는 식탁에 놓인 찻잎을 손으로 들었다.

산공독이 묻어 있는 찻잎이었다. 원로는 깊은 한숨을 내쉰 다음 찻잎을 모조리 삼매진화로 태워 버렸다.

"종남파가 자네에게 또 빚을 지게 되었네. 후우, 자네 같은 자가 무림에 있어 정말 다행이야."

"과찬이십니다."

"음, 모용세가의 가주와 오래도록 이야기를 나누었다지?"

"예, 좋은 시간이었습니다."

종남파와 모용세가의 관계가 무척이나 안 좋아진 상황이었다.

모용세가가 무엇을 요구하더라도 종남파는 들어줄 수밖에 없었다.

"부디 이번 일을 마음에 두고 있지 말게나. 종남파에는 진정으로 협을 아는 많은 제자가 있다네."

"종남파의 제자들이 백도무림을 위해 애쓴다는 사실은 저도 무척이나 잘 알고 있습니다."

"그렇게 말해주니 고맙네."

원로가 진천의 손을 꼭 잡으며 그렇게 말했다.

"모용세가의 가주님께도 잘 말씀드리겠습니다."

"저, 정말인가? 허허허허! 고맙네, 고마워!"

원로가 크게 기뻐하며 진천의 어깨를 두드렸다. 원로는 진천을 크게 평가하지 않을 수 없었다.

그는 큰 인물이었다.

무공이 믿을 수 없을 정도로 뛰어날뿐더러 백도무림을 위하는 그 마음은 대단히 지극했다.

게다가 사람을 대하는 것에 뛰어날뿐더러 적당한 융통성을 발휘할 줄 알았다.

단순한 영웅에 그치는 것이 아닌 위에 군림할 자였다. 이 기회에 이 젊은 인재와 친분을 다져 놓는 것이 종남파를 위한 길인 것 같았다.

'전화위복이라 했던가!'

원로는 그렇게 생각하며 진천과 이야기를 나누었다.

화기애애한 분위기 속에서 한동안 대화를 하다가 원로가 자리에서 일어났다.

"꼭 한번 찾아오게나."

"예, 꼭 들리겠습니다."

"허허허, 내 맹주께 잘 말씀드리겠네."

진천은 최대한 예의를 갖추며 원로를 배웅했다.

원로는 진천에게 찾아올 때와는 달리 홀가분하고 기쁜 마음으로 돌아갈 수 있었다.

'사람의 마음이란 참 신기하군.'

말 몇 마디에 저리도 쉽게 바뀌는 것을 보면 참으로 간사하기 이를 데 없었다. 진천은 피식 웃으면서 조용한 한때를 즐겼다.

*   *   *

남궁휘는 진천의 검을 보고 큰 충격을 받았다.

예선에서 그의 검법을 처음 보았을 때 정신을 차릴 수 없었고 오늘 종남파의 진종창을 상대할 때 보여주었던 한 수는 그의 심상을 뒤흔들었다. 쾌검의 극치라 불러도 무방할 정도였다.

'단순한 쾌검이 아니다.'

빠르며 부드러웠고 힘이 있었다. 완벽하게 균형이 잡혀 있는 검법이었다.

제왕검법이야말로 검법의 최고봉이라 생각했었지만 진천의 단천검법의 일 초식을 본 순간 그 생각을 수정해야만 했다.

"역시 오라버니시네!"

"진종창의 꼴이 우습게 되었군요."

남궁휘의 귀에 모용화와 팽설영의 말이 들려왔다.

황보미윤 또한 흐뭇한 눈으로 진천을 바라보고 있었다.

모두가 진천을 좋아했다.

남을 잘 따르지 않던 종진우 역시 진천을 무척이나 따르고 있었다. 그에게는 그만큼 특별한 것이 있다는 말이었다.

'무인은 살면서 벽이 될 인물을 한 명쯤 만난다고 했던가?'

남궁휘는 단진천이라는 존재가 큰 벽으로 느껴졌다.

그는 태어나서 단 한 번도 남을 의식한 적이 없었다.

모든 것을 가지고 태어난 남궁세가의 남궁휘였다.

그는 결코 자만하지 않으며 평생 무공을 수련하며 보냈다.

남궁세가의 값비싼 영약을 먹어가며 모든 무공을 전수받았다. 덕분에 다른 후기지수들과는 궤를 달리하는 강함을 얻을 수 있었다.

'내가 우물 안의 개구리였군.'

남궁휘는 씁쓸하게 웃었다.

[가가, 괜찮으신가요?]

[괜찮소, 화령(火靈).]

전음이 들려오자 남궁휘는 전음으로 대답했다.

그는 옆으로 고개를 돌려 자신의 옆에 있는 복면의 여인을 바라보았다.

화령.

본래 이름이 있었지만 그녀는 스스로를 그렇게 불렀다.

불과 함께 죽은 영혼.

과거의 이름은 더 이상 그녀를 나타내지 않았다.

남궁휘는 작게 미소 지었다.

무뚝뚝하고 냉정해 보이는 그가 그런 표정을 짓는 것은 의외라고 볼 수 있었다.

　그녀를 바라보는 남궁휘의 눈빛은 따스했다. 호위 무사로 알려져 있지만 그런 관계가 아니었다.

　[단진천이라는 자가 신경 쓰이시나요?]

　[대단한 자이오. 내가 따라갈 수 없을 만큼.]

　[인생의 호적수를 만나게 되는 것은 좋은 일일 수도 있겠지요.]

　화령의 말에 남궁휘는 마음이 편해졌다.

　그에게 자신의 검법이 어디까지 통할 수 있는지 궁금했다.

　그의 아버지를 상대할 때 이외에 단 한 번도 전력으로 검을 펼친 적이 없었다. 화경에 오르고 나서는 그조차도 힘들어졌다.

　[밤의 일은 어찌 되었소?]

　[아무런 소득이 없었습니다. 조그마한 단서도 없더군요.]

　[무리하지 마시오. 무림맹에는 눈과 귀가 많소. 이번에는 나도 같이 가겠소.]

　[고맙습니다.]

　그녀의 말에 작게 고개를 끄덕인 남궁휘는 비무장을 바라보았다.

　비무대 위에 자신과 진천이 서 있는 모습이 그려졌다.

자신에게 검을 휘두르는 진천과 그것을 간신히 막는 자신의 모습이 보이는 듯했다.

남궁휘는 점점 무아지경에 빠졌다.

화령은 그것을 알아차리고 조용히 호법을 섰다. 환호와 탄식이 울려 퍼지는 비무장에서 오직 둘만이 고요했다.

제3장
기적

　단천검룡 단진천.

　무림맹을 달구고 있는 이름이었다. 새로운 신화를 써 내려 가고 있다고 평가하는 자들도 있었다.

　많은 무림인이 진천이 쓰고 있는 검법에 대해 이야기를 나누었다. 단천검법의 평가가 생각보다 박한 면이 있었기 때문이다.

　혹자들은 구파일방의 절기 수준으로 평가하는 자들도 있었다. 어떤 자들은 단지 단진천의 경지가 뛰어날 뿐이고 검법 자체는 명문정파 수준이라고 주장하기도 했다.

그런 의견이 서로 충돌하다가 격렬한 토론으로 이어지게 되었고 무력 충돌의 기미까지 보였다.

진천을 거의 신적으로 추앙하는 산동무림인들이 끼어들자 상황은 더 과격해졌다.

재미있는 점은 종남파의 원로 태을검제(太乙劍帝) 고군지와 모용세가의 가주 섬광도제(閃光刀帝) 모용주가 나서서 진화했다는 점이었다.

고군지는 단천검법이 구파일방에 비해 부족함이 전혀 없다고 하였고 모용주는 오대세가의 비기와 겨룰 만하다고 인정했다. 그러자 상황이 빠르게 정리되어 화합하는 자리로 변하게 되었다.

천하십제(天下十帝)에 위치한 고군지와 모용주가 인정하고 있으니 아무도 반박하지 못한 것이다.

이처럼 진천이 없는 자리에서도 진천은 늘 화제가 되고 있었다.

진천의 의도대로 더욱 명성이 높아지고 있었다. 지금에 이르러서는 모든 젊은 무림인의 우상이 되어가고 있었다.

진천은 진종창을 상대한 후 두 번 더 비무를 하였다.

첫 번째 상대는 무당파의 검수였다.

절정 이상의 경지를 밟고 있어 그럭저럭 괜찮은 검법을 펼쳤지만 단 일 초식에 그의 검법이 파훼되었다. 무당파의 검수는 수준 차이를 실감하고 패배를 시인했다.

두 번째 상대는 소림의 나한승이었다.

소림의 제자를 상대하는 느낌은 새로웠다.

진천을 구성하고 있는 근본적인 가르침은 소림에서 왔다고 해도 과언이 아니었다. 나한승은 소림의 권법을 깊게 익혔지만 진천의 이해를 따라올 수는 없었다.

진천의 검이 나한승의 권법의 운용을 방해했다.

나한승은 답답한 마음에 전력을 다해 권법을 전개했지만 진천의 움직임을 따라잡을 수 없었다.

나한승 역시 패배를 인정하며 물러났다.

진천은 단 한 번의 위기 없이 무난히 결승에 오를 수 있었다. 일방적인 승리는 무림백천에 들고도 남을 실력이라는 것을 스스로 증명했다.

결승은 내일 성대하게 열릴 예정이었다.

남궁휘는 심상 수련을 명분으로 방 밖으로 나오지 않았다. 진천 역시 마찬가지였다.

황보미윤과 다른 이들이 진천을 배려해 주었는데 모두 조용히 다른 숙소로 이동한 것이었다. 때문에 숙소는 대단히 조용했다.

"주군, 남궁휘와 복면의 여인이 은밀히 나가는 것을 발견했습니다. 대단히 높은 수준의 변장을 하였습니다."

"남궁휘가 변장을 하고 밖으로 나갔다라…….."

"아무래도 알아볼 필요가 있을 것 같습니다."

진천은 고개를 끄덕이며 자리에서 일어났다.

"내가 나가보도록 하지. 넌 여기서 내 행세를 하고 있거라."

"존명!"

흑운의 몸에서 뼈와 근육이 뒤틀리는 소리가 나더니 순식간에 진천의 모습으로 변모했다.

흑운의 역용술은 대단한 수준에 이르러 사기를 지니지 않은 존재들은 알아차리지 못할 정도가 되었다.

무림맹주라 하더라도 꿰뚫어 볼 수 없을 것이다. 아예 골격 자체가 변하는 것이니 꿰뚫어 보려 하면 할수록 오히려 더 진짜같이 느껴졌다.

흑운은 진천을 옆에서 계속 봐왔던 만큼 완벽하게 진천을 흉내 낼 수 있었다.

흑운의 경지가 좀 더 높아진다면 자신의 대역을 맡길 생각을 하고 있었다. 단천검법에 대한 전수를 진행 중이니 조만간 그 시기가 올 것이다.

진천은 은밀하게 밖으로 나왔다. 진천은 어디에서나 있을 법한 얼굴을 하고 있었다. 체형 자체도 달라져 그 누구도 진천의 정체를 추측할 수 없을 것이다.

이대로 무림맹주를 죽여 버리고 싶기도 했지만 그럴 능력이 안 될뿐더러 그가 원하는 것은 무림맹의 완벽한 몰락이었다. 그 일을 저지른 자들의 완벽한 제거였다.

'구파일방에서도 참여했겠지.'

오대세가 역시 사파 토벌에는 참여했지만 모두 그 일이 벌어지고 난 다음의 일이었다.

보름달이 밝은 늦은 밤이었다. 시끌벅적했던 거리에도 침묵이 찾아왔다. 무림맹의 불도 모두 꺼져 세상이 모두 잠든 것 같은 느낌이 들었다.

진천은 은밀히 남궁휘를 추적했다. 수라보법을 이용해 밤하늘을 가로지르는 진천의 움직임은 너무나 빨랐다.

'저기 있군.'

무림맹 소유의 건물에서 나오는 남궁휘의 모습을 발견할 수 있었다.

그들은 무림맹에서 무언가 찾고 있는 것이 틀림없었다. 무림맹의 허락을 받은 모습이라고는 보이지 않았다. 검은 복면을 쓰고 은밀히 움직이는 모습은 천하제일가의 소가주라 하기보다는 좀도둑처럼 느껴졌다.

남궁휘의 손에 들린 서적이 보였다. 남궁휘가 나온 곳은 무림맹이 더욱 크게 증축되기 전에 회계에 썼던 건물이었다. 무림맹의 자금 유통에 대한 자료들이 있었는데 아직 무림맹 안으로 옮겨지기 전이었다.

'중요한 자료로 보이는데, 미끼인가?'

남궁휘가 건물 안에서 나오는 순간 주변에 잠복하고 있던 이들이 그를 추적하기 시작했다.

무림맹 소속의 살수 집단으로 보였다. 무림맹은 공식적으로는 살수를 키우지 않았지만 비밀리에 운용하고 있었다.

'치밀하군.'

무림맹주는 치밀하게 덫을 설치해 놓았다.

사파연맹이 무너지고 꽤나 긴 시간이 지났지만 방심하지 않고 있었다. 오히려 이러한 덫들을 설치해 놓아 무림맹의 뒤를 파려는 자들을 제거하고 있었다.

천하제일가의 남궁휘가 무엇 때문에 무림맹의 뒤를 캐는지는 몰랐지만 무언가 비밀이 있는 것이 확실했다.

'일단 지켜보도록 할까.'

남궁휘는 자신을 빛나게 해줄 희생양이었다. 그런 놈이 여기서 잡히게 된다면 결승전은 부전승으로 싱겁게 끝날 것이다. 진천은 결승전에서 압도적인 무위를 과시해서 후기지수 중의 명실상부한 일인자로 올라설 계획이었다.

처절하게 깨지는 상대로는 남궁휘가 가장 좋았다. 그것을 시작으로 남궁휘와 남궁세가를 천천히 몰락시킬 계획이었다.

그런데 일이 흥미롭게 돌아가고 있었다.

진천이 전혀 예측하지 못한 방향이었다. 그랬기에 조금 신선했다. 무림맹주도 아니고 남궁휘 따위가 이런 모습을 보여주니 흥미가 돋았다.

진천은 조용히 살수들의 뒤를 추격했다.

진천은 살수보다 더욱 은밀했다. 살수의 무공은 일찍이 익힌 바 있었고 사파연맹주가 남긴 비급들을 보며 그 공부가 더욱 깊어졌다.

혼기, 그리고 사혼단과 수라역천신공은 그가 알고 있는 무공을 자유롭게 구사할 수 있게 해주었다.

모든 기운을 포용하고 모든 기운을 지배할 수 있는 것이 바로 혼기였다. 무림맹주라 할지라도 진천과 같이 폭넓은 무공을 자랑할 수 없을 것이다.

진천의 신형이 조용히 어둠에 스며들듯 사라졌다.

*　　　*　　　*

무림맹을 벗어난 외곽에 이르렀다. 하늘을 찌를 듯이 솟아 있는 대나무가 달빛을 가렸다. 스산하게 부는 바람 속에서 남궁휘와 화령은 대나무 위를 달렸다.

휘이익!

암기들이 쉴 새 없이 날아왔다.

남궁휘는 검을 뽑아 암기들을 쳐내며 바닥에 내려섰다. 화령 역시 검을 뽑았다.

'설마 살수들이 숨어 있을 줄이야.'

남궁휘는 인상을 찡그리며 자책했다.

비무 대회가 열리는 만큼 여러 곳으로 시선이 분산된 것은 사실이었다. 하지만 이런 교묘한 함정이 설치되어 있으리라고는 생각하지 못했다.

무림맹주가 아직도 사파연맹에 대한 경계를 풀지 않은 것을 반증하는 것이었다.

남궁휘는 손에 든 장부를 품에 넣었다. 이 장부로 그 사건에 대한 흐름을 조금이나마 알 수 있을 거라 생각했다.

살수들이 남궁휘와 화령의 주위를 포위했다.

그들은 특급 살수의 실력을 지니고 있었다. 화경에 이른 남궁휘라 할지라도 힘든 상대였다.

화령 역시 절정에 이른 기량을 보여주고 있지만 살수의 숫자가 너무나 많았다.

"무림맹의 살수……."

남궁휘는 살수들의 살기를 느끼며 검을 꽈악 쥐었다.

그날의 일을 이상하게 여겨 조사하던 세력들이 하나둘씩 사라졌다.

화령은 홀로 무림맹의 뒤를 캐려 했다. 하지만 남궁휘는 그녀를 홀로 보낼 수 없었다. 그랬기에 남궁세가에 알리지 않고 남궁휘가 직접 화령과 일을 도모한 것이다.

살수들 가운데 한 명이 걸어 나왔다. 살수들을 이끄는 자였다.

"사파의 잡졸 같지는 않아 보이는군. 아마도 백도무림 쪽 인물이겠지."

살수들은 남궁휘와 화령의 정체를 아직까지 눈치채지 못했다.

남궁휘는 조용히 장부를 꺼내 화령에게 쥐어주었다.

[내가 막겠소. 도망치시오.]

[무슨 소리를 하시는 건가요? 이 일은 제가…….]

[어렵게 얻은 장부요. 미끼이기는 하지만 증거로써 유효할 것이오. 세가로 돌아가 아버지께…….]

휘익!

암기가 날아오자 남궁휘가 검막을 펼치며 암기들을 쳐냈다. 살수들은 남궁휘와 화령을 살려둘 생각이 없어 보였다.

살수들이 달려들었다. 달아날 수 없게 검진을 펼치며 남궁휘와 화령을 압박했다.

더 이상 무공을 감출 수 있는 상황이 아니었다.

남궁휘는 제왕검법을 운용하며 살수들의 검을 막고는 살수 하나를 베어 넘겼다. 화령 역시 남궁세가의 무공을 전력으로 펼쳤다.

가주가 그녀를 가족으로 받아들이면서 사사한 무공이었다.

"남궁세가의 검법……."

살수가 그렇게 말했다.

"그렇다면 남궁휘와 그 호위 무사겠군."

남궁휘와 화령의 정체를 간파했지만 살수들은 검을 거두지 않았다.

무림맹주에게 이 소식이 전해진다면 남궁세가는 화를 면할 수 없을 것이다. 죄를 만들고 누명을 씌우는 것은 무림맹이 가장 잘하는 일들 중 하나였다.

"살!"

살수들이 달려들었다.

남궁휘의 검에서 검강이 치솟으며 사방으로 뻗어나갔다. 화령과 합을 맞추며 몰려드는 검을 쳐내며 살수들을 베었지만 시간이 지날수록 지쳐 가는 것은 그 둘이었다.

살수는 교묘하게 시간을 끌면서 둘을 지치게 만들었다. 살수들은 사람을 죽이는 법을 너무나 잘 알고 있었다. 그에 비해 남궁휘와 화령은 실전 경험이 적었다.

"크윽!"

어깨를 베인 화령이 비틀거리면서 무릎을 꿇었다.

살수들의 검에는 극독이 발라져 있었다. 화령이 내력을 일으켜 재빨리 독의 침입을 막았다.

"괜찮으시오?"

"죄송합니다. 저 때문에……."

"또 그 소리군."

남궁휘는 전신 내력을 일으키며 검을 강하게 움켜쥐었다.

"내가 지켜준다 하지 않았소?"

"가가……."

남궁휘가 화령의 앞을 막아섰다.

화경에 오른 남궁휘가 전력을 내보이자 살수들도 경계하며 조심스럽게 남궁휘의 주위를 맴돌았다.

화경의 무위에서 펼쳐지는 제왕검법은 막강한 위력을 자랑했다. 경험이 미천하다고 하더라도 위력이 죽는 것은 아니었다.

'살아나갈 수 있는 확률은… 없겠군.'

남궁휘는 냉철하게 상황을 판단했다.

전력을 다한다고 해도 살수들의 포위를 뚫을 수는 없었다. 하지만 화령만큼은 살리고 싶었다.

남궁휘가 동귀어진의 수까지 생각하며 전력을 다해 제왕검법을 펼치려는 순간이었다.

콰아아앙!!

살수들의 뒤쪽에서 요란한 소리가 울려 퍼졌다. 그와 동시에 살수들의 몸이 박살 나며 사방으로 튕겨 나갔다.

"무, 무슨?!"

살수들이 당황하며 뒤를 돌아보았다. 터져 버린 대나무들을 가로지르며 정체를 알 수 없는 사내가 걸어오고 있었다.

그의 손에 살수의 목이 붙잡혀 있었다. 뼈가 부러지는 소리와 함께 살수의 목이 꺾이며 단번에 죽어버렸다. 특급 살수가 반항조차 하지 못하고 당해 버린 것이다.

"고, 고수!"

사내, 아니, 진천은 살수를 바라보지 않고 있었다. 오로지 화령만을 응시하고 있을 뿐이었다.

살수들이 진천의 틈을 노리며 달려들었지만 어리석은 생각이었다.

진천의 손에서 위력적인 사파의 조법이 펼쳐졌다.

극혈조법(極血爪法)이었는데 한때 명문정파 하나를 괴멸시켰던 사공이었다.

수라역천신공을 바탕으로 펼쳐지는 극혈조법은 무서운 위력을 발휘하고 있었다.

휘이익!

날카로운 실과도 같은 강기가 사방으로 뿜어져 나가며 몰려드는 살수들을 토막 내었다.

순식간에 넷이 넘는 살수가 사라졌다.

"사, 사공!"

"서, 설마 극혈조법?!"

진천의 무공을 알아보는 살수들이 있었다. 살수치고는 식 견이 상당히 뛰어나 보였다.

"퇴, 퇴각하라! 맹주님께 이 사실을……."

서걱!

그렇게 말한 살수의 목이 날아갔다. 퇴각하려고 경공을 전 개하며 날아오른 살수들이 공중에서 떨어졌다.

진천은 마치 바람처럼 움직이며 달아나려는 살수들을 모조 리 쓸어버렸다.

그들은 결코 진천의 손아귀에서 벗어날 수 없었다.

일방적인 학살이 계속되었다. 남궁휘와 화령이 상황을 파악 하기도 전에 모든 살수가 제거되었다.

바닥에 착지한 진천은 천천히 고개를 돌려 남궁휘와 화령 을 바라보았다.

진천은 천천히 화령에게 다가갔다.

남궁휘가 검을 치켜들며 막으려 했지만 진천이 가볍게 손으 로 검을 밀자 검이 튕겨 나갔다.

남궁휘는 자신의 떨리는 손을 바라보았다. 엄청난 내력을 이기지 못하고 검을 놓쳐 버린 것이다.

진천이 화령 앞에 서자 남궁휘가 진천을 막아서려 했다. 하 지만 화령이 손을 들어 남궁휘의 접근을 막았다.

"원하는 것이 있으십니까?"

그녀의 목소리에 진천의 눈동자가 크게 떠졌다. 아무리 들어도 잊을 수 없는 목소리였다. 단 한 번도 잊은 적이 없는 목소리였다.

진천의 손이 그녀의 면사를 벗기고 인피면구를 잡아 뜯었다.

그녀의 얼굴이 드러났다.

"……."

진천은 우두커니 그녀를 바라보았다. 사혼단이 없었더라면 충격을 받아 그대로 이성이 멈추어 버렸을 것이다. 하지만 사혼단은 그의 이성을 유지해 주었다.

진천은 눈을 감았다 떴다.

'희연아.'

희연이가 눈앞에 있었다. 어찌 된 일인지는 몰랐다. 그녀가 살아 있으리라고는 생각지도 못했다. 설마 남궁세가의 보호를 받고 있을 줄은 몰랐다.

진천은 빠르게 상황을 판단했다. 격한 감정에 취했지만 이성이 흔들리지 않았다.

온몸을 휘감는 기쁨을 감추며 냉막한 표정으로 남궁휘를 바라보았다.

"남궁휘, 남궁세가의 남궁휘 맞나?"

남궁휘가 진천의 물음에 고개를 끄덕였다.

"고인께서는 도대체… 누구십니까?"

"이 일에서 손을 떼라."

진천은 그렇게 말하며 희연의 손에 들린 장부를 빼앗았다. 그리고 삼매진화를 일으켜 태워 버렸다. 희연이가 어째서 무림맹의 뒤를 캐는지 이해가 되었다.

현문대사와 자신의 죽음을 밝히려고 하고 있는 것이다. 명확한 증거를 찾아서 무림맹을 벌하려 하고 있었다.

하지만 그것을 하는 것은 자신이었다. 증거 따위로 무림맹은 무너지지 않았다. 무림맹을 무너뜨리려면 더욱 치밀하고 사악한 계획이 필요했다. 그런 계획을 세우기에는 희연은 너무 착했다. 장부가 허무하게 타버리자 희연은 검을 뽑아 진천에게 겨누었다.

"어, 어째서 그 장부를……!"

"멍청하군. 미끼로 쓴다는 것은 밝혀져도 상관없다는 뜻이다. 오히려 밝혀지길 바란다는 뜻이기도 하지. 무림맹에 반하는 세력을 찾아내기 위한 수법이다."

희연의 눈이 커졌다. 진천이 말한 뜻을 이해한 것이다.

희연은 검을 내렸다. 비틀거리는 그녀를 남궁휘가 품에 안았다.

진천이 손을 뻗어 희연이의 몸에 있는 독을 제거했다.

"돌아가라. 무림맹에게 괜한 의심을 사지 마라."

"진실을 알려주십시오. 제가 생각하고 있는 그것이 맞는 것인지……"

"진실? 무림맹이 천하를 움켜쥐고 있다. 너희는 아무것도 할 수 없어. 그게 진실이다."

진천이 등을 돌리며 사라지자 남궁휘는 희연을 데리고 숙소로 돌아갔다. 진천은 그냥 돌아가지 않고 남궁휘와 희연이 뒤진 건물을 쑥대밭으로 만들었다. 그리고 자신을 목격한 자들을 만듦으로서 이 짓을 벌인 이가 사파의 고수임을 알렸다.

진천은 숙소로 돌아와 바로 본래의 모습으로 돌아왔다. 그러고는 깊은 숨을 몰아쉬며 침상에 앉았다.

진천은 평소와 다르게 감정적인 모습을 보여주고 있었다. 그가 진심으로 소리 내어 웃는 모습은 흑운조차 본 적이 없었다.

흑운이 그런 진천을 보고는 입을 떼었다.

"무슨 일이 있으셨습니까?"

"인생사 한 치 앞을 알 수 없다는 말이 사실이더군."

"주군께서는 능히 보실 수 있으실 것 같습니다만……"

진천은 고개를 저었다. 모든 것을 꿰뚫어 본다고 자신했지만 정작 가장 먼저 알아차려야 했던 것을 알지 못했다. 만약 이번에 나가지 않았다면 희연을 다시 한 번 잃었을 것이다.

이것이 운명이라는 것인지도 몰랐다.

하늘을 거부하는 자신이 운명이라는 것을 생각하다니 참으로 기이한 느낌이었다.

"흑운."

"하명하십시오."

진천은 흑운에게 남궁세가에 대해 조사해 올 것을 명했다. 희연이 남궁세가에서 어떤 위치인지 알아야 했다.

남궁휘와 보통 관계가 아닌 것 같았다. 만약 남궁세가에서 제대로 된 취급을 받지 못하고 있다고 한다면 남궁세가에 좋지 않은 일이 벌어질 것이다.

'복수를 생각하고 있던 것인가?'

희연다운 생각이었다. 하지만 무림맹과 마교를 몰락시키는 것은 자신이 할 일이었다. 그것이 희연을 멈추게 하는 방법일 테고 그녀가 행복할 수 있는 방법이었다.

'내가 살아난 것보다 더한 기적이군.'

현문대사가 희연이를 살핀 것인지도 몰랐다. 그토록 죽이고 싶었던 남궁휘가 참으로 예뻐 보였다.

'희연이를 지켜준다고 했던가?'

죽을 위기에서도 그런 말을 한 걸 보면 진심이었다. 진천은 피식 웃고는 고개를 설레 저었다. 희연이가 드디어 의지할 만한 남자를 만난 것 같았다.

'참아야 한다.'

지금 당장에라도 가서 자신이 살아 있음을 말하고 싶었다. 하지만 참아야 했다. 더 이상의 변수를 허용해서는 안 된다. 희연이가 등장한 것만으로도 굉장한 변수였다.

진천은 오랜만에 침상에 누웠다. 오늘은 깊은 잠을 잘 수 있을 것 같았다.

*　　　　*　　　　*

무림맹의 안뜰에서 사파의 고수에게 살수들이 전멸한 것은 공식적으로는 밝힐 수 없는 사안이었다.

무림맹주는 굉장히 분노했지만 속으로 삼킬 수밖에 없었다. 재미 있게도 무림맹주의 측근들이 직접 나서서 살수들의 시신을 수습하고 없애야 했다.

무림맹이 살수를 키웠고 사파 고수가 무림맹의 안뜰을 박살 냈다는 것이 퍼지게 된다면 자칫 분열되어 있는 사파들이 다시 모일 수도 있었다.

무림맹주는 분노로 얼굴이 일그러졌다.

사파의 잡것들이 아직도 살아 숨 쉬고 있었다.

사파연맹주 마저 그렇게 처참하게 죽여 버렸건만 마치 잡초처럼 계속해서 기어 올라왔다. 지금까지 순조롭게 척살이 가능했지만 극혈조법을 익힌 자라면 이야기가 달라졌다.

사파의 무공 중에서도 절기라 알려진 무공이었다. 무림맹주의 위 세대에서 한바탕 큰 피바람을 불러온 무공이기도 했다.

'자칫 이 일이 알려져 숨어 있는 사파 놈들이 활개라도 치면 골치가 아프겠군.'

무림맹주는 분노를 가라앉히며 의자에 앉았다. 손가락을 까딱이며 깊은 생각에 빠졌다.

"맹주님, 비무 대회의 결승을 미루는 것이 어떻겠습니까?"

무림맹주의 그림자 중 하나인 살영이 조용히 그의 앞에 나타나며 그렇게 말했다.

살영은 살수들을 키워낸 자였다. 무림맹주는 그를 대단히 신뢰했다. 그가 키워낸 특급 살수들은 무림맹주의 손과 발이 되어 많은 역할을 해왔다.

자신을 의심하는 가문을 멸문시키고 백도무림의 문파 하나를 사파와 간통한 악적으로 둔갑시켜 없애 버리기도 했다. 모두 그의 권력을 강화하기 위함이었다.

구파일방에 심어놓은 자들도 살영이 길러낸 간자였다.

"아니, 그것이 오히려 그 사파 놈이 바라는 일일 것이다. 일부러 비무 대회를 노려 일을 벌인 것이 분명해. 이번 일로 구심점을 만들려는 속셈이겠지. 극혈조법을 익힌 자라면 사파 놈들을 이끌 자격이 충분하니 말이야."

"여러모로 계획된 일이라는 말씀이시군요."

"자네가 키워낸 특급 살수가 무림맹 외곽으로 유인되어 몰살당했다. 오래전부터 계획했을 게야."

살영은 고개를 끄덕였다.

여태까지 미끼를 문 것은 백도무림의 문파들이었다. 그곳을 멸문시키거나 협박으로 회유한 것이 바로 살영이었다.

지금까지 사파의 잡졸들이 습격한 적이 없던 것은 이번 일을 위한 것인지도 몰랐다.

"역으로 이용해야겠군."

"역으로 말씀이십니까?"

"사파 놈들이 자신들의 영웅을 원하고 있다. 그 영웅을 짓밟을 정파의 영웅이 탄생한다면 과연 어떻게 될까?"

살영은 무림맹주의 말에 고개를 끄덕였다.

"명안이십니다. 생각해 놓은 후보가 있으십니까?"

"누구일 것 같나?"

"정해져 있군요."

살영도 무림맹주가 선택한 인물이 누구인지 알 수 있었다.

"처분할 만한 놈들이 있나?"

"사파무공을 익히게 한 살수들이 있습니다. 환락초를 먹인 자들입니다."

살영의 말에 무림맹주는 흡족한 듯 고개를 끄덕였다.

환락초는 본래 사파에서 사용하던 영약의 일종이었다. 내공을 상승시키는데 도움을 주기는 하지만 중독성이 워낙 강해 해독제를 섭취하지 않으면 괴로운 환각에 시달리게 된다.

어차피 일회용으로 쓸 살수들이니 살영은 그들에게 다량의 환락초를 먹였다. 일류 수준의 살수들이었지만 환락초의 약효가 떨어지는 시점이라 폐기 처분을 해도 무방했다.

"좀 더 극적인 모습을 연출해야겠군."

"모든 것이 맹주님의 뜻대로 돌아갈 것입니다."

"그래야지."

이제 적당한 무대만 마련해 놓으면 되었다.

무림맹주는 좋은 방법이 떠올랐는지 크게 웃으며 자리에서 일어났다.

전화위복은 이럴 때 쓰는 말인 것인지도 몰랐다.

제4장
결승

비무 대회의 결승이 열리는 날이 밝았다.

살수들에 대해 별 이야기가 없는 것으로 보아 무림맹주가 알아서 잘 수습한 것 같았다.

'밝히지 않겠지.'

진천은 그렇게 예상했다. 그랬기에 사파의 무공 중에서도 그럭저럭 알려진 극혈조법을 쓴 것이었다. 그들은 남궁휘가 침입했음을 의심할 수 없을 것이다.

진천의 예상대로 비무 대회는 정상적으로 진행되었다. 이번 결승에는 무림제일화라 알려진 맹주의 딸이 먼 곳에서 찾아와 직접 관전한다고 하기에 모든 무림인의 시선이 집중되었다.

무림맹주와 냉담한 사이라는 소문이 있었지만 그 정도는 흠이 되지 않을 것이다.

'남궁휘가 날 경계하게 하는 것도 괜찮겠지.'

남궁세가와 남궁휘는 희연의 보호막이었다.

천하제일가이니 쉽게 기울지 않을 테지만 어제와 같은 일이 또 발생하지 않으리라는 보장은 없었다.

진천은 후기지수들에게 둘러싸여 비무장으로 향했다.

남궁휘가 조용히 비무장으로 향한 것과는 대조적이었다. 남궁휘는 어젯밤의 일 때문에 최대한 자중하려는 모습을 보이고 있었다.

진천은 자신의 옆에서 걷고 있는 황보미윤을 바라보았다.

진천과 눈이 마주치자 황보미윤이 수줍게 웃었다.

"가주님께서 오셨다고 들었습니다."

"예, 오늘 새벽에 도착하셨지요. 저에게 미리 단 공자님의 우승을 축하한다고 전해달라 하셨지만 다행히 늦지 않게 오시게 되었습니다."

황보대산은 진천이 우승할 것을 확신하고 있는 모양이었다.

가문의 일로 바쁜 와중에 친히 진천을 축하해 주러 온 것을 보면 황보대산이 얼마나 진천을 생각하는지 알 수 있는 대목이었다.

"단 공자님, 몸조심하세요."

황보미윤은 그리 말하며 진천의 옷깃을 다시 정리해 주었다.

모용화와 팽설영 그리고 종진우를 포함한 안면이 있는 자들이 다가와 진천의 무운을 빌어주었다.

남궁휘에게 다가가는 인물들은 적었는데 남궁세가의 위압감이 존재했고 남궁휘 역시 붙임성 있는 성격이 아니라 모두 그를 어려워했다.

'사내라면 응당 그래야지.'

진천은 남궁휘를 좋게 평가했다.

희연이 선택한 남자였다. 목숨을 구해주고 보호해 준다고 해서 희연이의 마음을 얻을 수는 없었을 것이다.

진천이 비무장에 들어서자 환호성이 터져 나왔다.

진천의 모습을 발견하고 무림인들이 하나같이 진천의 이름을 연호했다. 진천의 명성은 가히 하늘을 찌를 듯했다.

남궁휘의 모습이 보였다.

남궁휘는 침착한 표정으로 검을 들고 있었다. 무림맹주가 자리에서 일어서며 좌중들을 바라보았다.

무림맹주의 옆에는 아름다운 여인이 앉아 있었는데 무림맹주의 여식인 것 같았다.

드러난 얼굴은 천하제일미에 걸맞았지만 진천에게는 그다지

감흥이 없었다. 그저 잠시 바라보다가 흥미 없다는 듯 시선을 돌릴 뿐이었다.

"이 자리에서 무림영웅들을 보게 되어 기쁘기 그지없소. 무림에 위기가 있을 때마다 무림을 구원한 자들은 바로 여기 있는 젊은 무림인들이었소."

무림맹주의 목소리가 쩌렁쩌렁하게 울렸다. 엄청난 내공에서 나오는 목소리는 모두의 귀에 또렷하게 들리고 있었다. 그것만으로도 그가 전인미답의 경지를 밟고 있다는 것을 알 수 있었다.

"지금과 같이 의협심을 가슴에 품고 무공을 연마해 협을 행한다면 백도무림의 앞날에는 광휘만이 있을 것이오. 오늘 이 자리에서 새로운 영웅이 탄생하여 후기지수들을 이끌게 될 것이오. 새로운 바람이 무림을 더욱 평화롭게 하고 번영케 할 것을 믿어 의심치 않소."

무림맹주가 손을 들었다. 강렬한 기백이 흘러나오며 좌중을 압도했다.

진천은 무림맹주가 도달한 경지를 느낄 수 있었다.

현경에 머물고 있는 자신이 작게 느껴질 정도로 대단한 경지였다. 생각만으로 상대를 멸할 수 있는 심즉살(心卽殺)의 경지를 밟고 있는 것이 틀림없었다. 과연 절대지존이라 불러도 과언이 아니었다.

진천은 꽉 쥔 주먹을 풀었다.

무림맹주가 자신을 바라보는 눈빛은 무척이나 따스했다.

그의 눈빛에서 깊은 신뢰가 느껴졌다. 그 안에는 어떤 야망도 같이 느껴졌다.

'도대체 저자는 얼마나 가져야 만족할까?'

무림을 손아귀에 넣게 된다면 천하를 도모할지도 몰랐다. 그러고도 남을 자였으며 그럴 능력이 있는 자였다.

"비무를 시작하라!"

무림맹주의 사자후와 함께 결승이 시작되었다.

진천은 부드러운 웃음을 지으며 남궁휘를 바라보았다.

남궁휘의 얼굴은 다소 굳어 있었다. 어젯밤의 일을 고민하고 있는 것이 틀림없었다. 희연이는 오대세가를 위해 마련된 자리에 서서 그런 남궁휘를 바라보고 있었다.

"어젯밤 바삐 나가시던데 무슨 일이라도 있었습니까?"

남궁휘가 진천의 말에 흠칫했다. 은밀하게 나갔기에 아무도 눈치채지 못한 줄 알았지만 진천이 그 사실을 알고 있어 놀란 것이다.

남궁휘는 재빠르게 표정을 정리하고는 고개를 저었다.

"단지 바람을 쐬고 들어온 것뿐입니다."

"밖이 조금 소란스럽던데 제 착각이었겠지요."

"……"

남궁휘는 진천을 경계하는 눈으로 바라보았다.

진천은 그런 남궁휘를 보며 의미심장한 미소를 지을 뿐이었다. 그 모습이 더욱 남궁휘의 경계심을 불러일으켰다.

"지쳐 보이시는군요. 하나 오늘 최선을 다하셔야 할 겁니다."

진천의 싸늘한 말이 남궁휘의 눈동자를 흔들리게 했다.

진천이 단천검을 뽑자 남궁휘 역시 제왕검을 뽑았다.

단천검의 푸른 검신과 제왕검의 붉은 검신이 드러나며 상반된 빛을 반사했다.

남궁세가의 가주만이 쓴다는 제왕검을 가지고 나온 것은 진천을 진지하게 상대하겠다는 의미였다.

남궁휘는 길게 호흡을 내뱉고는 진천을 노려보았다.

화경의 경지를 밟고 있는 남궁휘는 자신의 감정을 조절할 줄 알았다. 초조함을 떨쳐 내고 날카롭게 정신을 세우는 모습이 인상적이었다.

진천은 그에게 확실한 패배를 알려줄 생각이다.

남궁휘가 어젯밤처럼 무모하게 행동한 것은 자신의 실력에 대한 과신 때문이었다. 그것을 철저히 꺾어줄 만한 상대가 필요했다. 절망과 좌절을 느끼겠지만 그것을 딛고 일어난다면 큰 성취를 얻을 수 있을 것이다.

'더 강해져야 한다. 그래야 희연이를 지켜줄 수 있다.'

진천은 그렇게 생각하며 남궁휘를 바라보았다.

남궁휘가 먼저 보법을 밟으며 달려들었다. 진천의 경고가 유효했는지 처음부터 본 실력을 내보이고 있었다.

남궁휘의 검강이 맺힌 검이 진천을 향해 쇄도해 들어왔다.

기선제압을 위한 제왕검법의 위력적인 초식이었다. 모든 것의 위에 강림하는 양 내공으로 찍어 누르려 했다.

남궁휘는 내공의 양에서만큼은 자신이 있는 듯했다. 어릴 때부터 각종 영약을 흡수하며 성장했으니 당연한 것이었다. 하지만 그런 얄팍한 수가 진천에게 통할 리는 없었다.

위에서 베어져 오는 검을 진천이 가볍게 검을 들어 튕겨냈다.

남궁휘의 신형이 비틀거리며 뒤로 쭈욱 밀려났다.

지이잉!!

남궁휘의 제왕검이 쉴 새 없이 떨리고 있었다. 그에 비해 진천의 단천검은 고요했다. 마치 아무 일도 없었던 것같이 느껴졌다.

남궁휘의 눈썹이 꿈틀했다. 검의 이해에서는 겨룰 자신이 없어 내공으로 찍어 누르려 했건만 오히려 진천의 내공에 압도당한 것이다.

남궁휘는 신중하게 검을 고쳐 잡으며 보법을 밟았다. 무한보가 펼쳐지며 남궁휘의 신형이 사라졌다.

"오오!"

"이형환위!"

좌중들이 크게 소리쳤다. 하나 단순한 이형환위가 아니었다.

진천의 사방을 어지럽히며 다가오는 모습에서는 남궁세가의 기백이 느껴졌다. 절대 꺾이지 않는 검과도 같은 기세가 진천을 향해 뿜어져 나왔다.

남궁휘는 정면승부를 걸어왔다.

전신 내력을 일으키며 방출된 검강이 주변에 넘실거렸다. 제왕검법의 검림천하(劍臨天下)가 펼쳐진 것이다.

콰가가가가!

남궁휘의 검에서 뿜어져 나온 강기들이 바닥을 박살 내며 진천에게 쏘아졌다. 강기의 파도가 모든 것을 분쇄해 버릴 것만 같았다.

'제법이군.'

진천은 단천검을 앞으로 뻗었다.

진천의 검에서 검푸른 검강이 치솟았다.

남궁휘의 제왕검법 같은 화려함은 단천검법에는 존재하지 않았다. 단순한 형태의 초식이었지만 그 단순함에 모든 복잡함과 화려함을 베어버리는 위력이 존재했다.

단천검법(斷天劍法) 파강세(破剛勢).

진천의 검이 공간을 갈랐다.

남궁휘는 검을 뻗은 채로 그대로 굳어버릴 수밖에 없었다.

진천을 향해 쏘아져 가던 강기들이 일순간에 모두 사라져 버린 것이다. 단지 내려 벤 것일 뿐인데 모든 기운이 꺾이며 사라졌다.

남궁휘는 고개를 내려 아래를 바라보았다.

진천을 중심으로 일자로 움푹 파인 바닥이 자신의 바로 앞까지 이어져 있었다.

"이것이… 단천검법……."

남궁휘가 그렇게 중얼거렸다. 충격이 큰 모양이었다. 적을 앞두고 정신을 파는 짓은 자살행위였다.

진천의 몸이 흐려지는가 싶더니 남궁휘의 앞에 나타났다. 순식간에 뻗어나간 검을 간신히 막은 남궁휘가 뒤로 크게 튕겨 나갔다.

좌중들이 감탄을 터뜨렸다.

모용주와 황보대산이 자리에서 벌떡 일어나 주먹을 움켜쥐었다. 무림맹주는 흡족한 표정으로 고개를 끄덕였다.

그 정도로 현묘한 움직임이었다.

남궁휘의 움직임이 단지 남궁세가를 담으려 했다면 진천에게서는 거대한 하늘이 느껴졌다. 하늘 위를 자유롭게 노니는 구름과도 같았다. 그리고 세차게 부는 바람이었다.

간신히 중심을 잡고 일어난 남궁휘에게 진천의 검이 휘둘러졌다. 무시무시한 속도를 지닌 쾌검이었다.

남궁휘는 간신히 방어 초식을 펼치며 막고는 있지만 점점 버티기 힘들어졌다. 제왕검이 비명을 지르며 진동했다.

남궁휘의 자세가 무너지는 순간 진천의 검이 회전하며 검의 손잡이가 남궁휘의 가슴을 때렸다.

콰앙!

남궁휘의 호신강기가 깨지며 뒤로 크게 튕겨 나가 바닥을 굴렀다.

남궁휘는 검을 바닥에 꽂아 넣으며 일어나려 했지만 결국 다시 무릎을 꿇고 말았다.

진천이 천천히 걸어가 남궁휘의 목에 검을 가져다 대었다.

"졌습니다."

남궁휘가 고개를 떨구며 패배를 인정했다.

진천은 검을 검집에 넣고는 등을 돌렸다.

천하제일가라 알려진 남궁세가.

그 안에서도 가장 촉망받았던 남궁휘가 산동에서 온 단진천에게 일방적인 패배를 당한 것이다. 너무나 압도적이라 말로 표현할 길이 없었다.

비무장에는 침묵만이 가득했다.

"와아아아!"

"단천검룡이 창천일룡을 꺾었다!"

"와아아아아아아아! 단진천! 단진천!"

우레와 같은 함성이 비무장을 뒤흔들었다.

남궁휘는 숨을 몰아쉬다가 비틀거리며 자리에서 일어났다. 내상을 입은 터라 입가에는 피가 흐르고 있었다. 생에 처음으로 당하는 패배의 충격이 생각보다 큰 것 같았다.

남궁휘는 그 자리에 우뚝 선 채로 멍한 표정을 짓고 있었다. 무림맹주가 일어나서 박수를 치자 모두가 일어나 박수를 치기 시작했다.

진천은 가볍게 손을 들어 화답할 뿐이었다.

남궁휘가 등을 돌리며 비무장을 내려갔다.

희연이 달려 나와 비틀거리는 남궁휘를 부축했다.

모든 사람이 진천만을 바라보고 있었다. 쓸쓸하게 퇴장하는 남궁휘를 주목하는 자는 없었다.

"와!"

"허공답보!"

무림맹주가 허공답보를 펼치며 비무장으로 내려왔다.

무림맹주는 품에서 패를 하나 꺼내 진천에게 던졌다. 황금으로 만들어진 패가 천천히 허공을 유영하듯 뻗어나가다가 진천의 앞에 이르렀다.

진천이 패를 잡는 순간 뒤로 쭉 밀려났다. 대단한 내력이었다.

진천이 자신의 내력을 감당해 내자 무림맹주는 크게 웃었다.

"과연! 단천검룡이 아니라 단천검왕라 불러도 될 정도로군."

주변에서 웅성거리기 시작했다. 별호에 왕이 들어가는 칭호는 그에 걸맞은 무게를 가지고 있었다.

무림백천의 최상위, 그리고 천하삼십좌(天下三十座)의 말석 정도의 위치에 있어야만 붙일 수 있다는 것이 정설이었다.

천하삼십좌 위에는 천하십제(天下十帝)가 있고 그 위에는 절대삼존(絕代三尊)이 존재했다.

무림맹주가 확실히 진천을 띄워주고 있었다.

"단천검왕! 단천검왕!!"

"와아아!"

진천은 황금 패를 바라보았다. 그곳에는 신룡회라는 글자가 새겨져 있었다.

황금 패의 의미는 컸다. 젊은 무림인들로 이루어진 각 세력이 모두 신룡회의 밑으로 통합된 것이다.

황금 패는 신룡회의 회주를 나타내는 것이었다. 그 말은 진천만 아래로 둘 수 있다면 무림맹의 모든 후기지수들을 수족처럼 부릴 수 있다는 말이었다.

그전까지는 무림맹주가 직접 명령을 하기에는 구파일방이나 오대세가의 눈치가 보였던 것이 사실이었다.

무림맹주는 진천을 완전히 자신의 사람으로 생각하고 있었고 진천을 통해 권력을 더욱 강화시키려는 속셈이었다.

"단진천을 앞으로 창설될 신룡회의 회주로 임명한다!"

무림맹주가 말을 할 때마다 무림인들이 환호했다.

황보대산, 모용주를 포함한 오대세가의 인물들, 그리고 종남파의 고군지, 그리고 참석한 구파일방의 모두가 자리에서 일어나 진천을 축하해 주었다.

그중에서 진천을 싫어하는 자는 없었다. 단지 남궁세가의 인물들만이 분위기가 조금 침울해졌을 뿐이었다. 하지만 그들은 아무 말없이 패배를 받아들이고 있었다.

무림맹주는 진천의 어깨에 손을 올리며 자상한 미소를 지었다.

진천도 감격스러운 표정을 연기했다. 진천은 모습 자체를 바꿀 수 있는 역용술을 익혔기 때문에 그 정도 연기는 손쉬웠다.

"어떤가. 내 자네에게 한 수 알려줘도 되겠나?"

"저, 정말이십니까?"

"허허, 나는 거짓을 말하지 않네."

진천이 감격에 떠는 모습을 보며 무림맹주는 흡족한 듯 고개를 끄덕였다.

무림맹주가 가볍게 내뱉는 말조차 모두가 들릴 만큼 크고 또렷했다. 덕분에 좌중들은 웅성거리기 시작했다. 절대지존이라 불리는 무림맹주의 검을 견식할 기회가 찾아온 것이다.

"허억!"

"무, 무림맹주님이 단천검왕과…….."

환호성을 내지도 못하고 모두 침을 꿀꺽 삼켰다.

무림맹주가 손을 뻗자 단상에 있던 검이 뽑혀 나왔다. 먼 거리에 있던 검이 허공을 자유롭게 날다가 무림맹주의 손에 빨려 들어갔다. 허공섭물을 넘어선 이기어검의 경지였다.

'대단하군.'

무림맹주는 진천의 원수였지만 무공만큼은 인정해 줘야 했다.

진천조차 아직까지는 이기어검을 제대로 펼치기 힘들었다.

수라역천신공을 운용하여 수라검법을 운용한다면 그와 비등한 파괴력을 뽑아낼 수 있겠지만 근본적인 검의 이해가 부족했다.

무림맹주에게서 가르침을 받게 된다면 앞을 막아서고 있는 벽을 허물 수 있을 것 같았다.

무림맹주가 검끝을 내리며 진천을 바라보았다. 만면에는 미소가 가득했다.

진천은 단천검법의 기수식을 취하며 무림맹주와 눈을 맞추었다.

진천은 사기를 억누르고 혼기 중에 정순한 기운만을 내보였다. 검푸른 검강이 치솟으며 진천의 기세가 퍼져 나갔다. 남궁휘를 대할 때와는 천지차이였다. 그런 진천의 기세를 무림맹주는 가볍게 받아내었다.

구파일방과 오대세가의 인물들이 벌떡 일어나며 진천을 바라보았다.

진천이 보여주고 있는 경지는 너무나 충격적이었기 때문이다. 황보대산과 모용주만이 고개를 끄덕이고 있을 뿐이었다.

"허허, 대단하군, 대단해. 그 나이에 이 정도 경지라니."

"과찬이십니다."

"아니, 나도 자네 나이에는 그 정도 경지에 이르지 못했다네. 자네야말로 무림의 홍복이군. 그럼 최선을 다해보게."

무림맹주는 한 손으로 검을 쥐고 있었고 다른 한 손은 뒷짐을 지고 있었다. 거만한 자세라고 생각할 수도 있지만 빈틈을 찾아볼 수 없었다.

'큰 산이다.'

너무나 큰 산이 눈앞에 있었다. 가장 죽여 버리고 싶은 적이지만 그가 이룬 경지에 대해서는 인정할 수밖에 없었다.

'닿을 수 있다.'

하지만 넘는 것이 불가능하다고 느껴지지는 않았다.

진천의 눈빛이 날카롭게 바뀌자 무림맹주는 감탄을 터뜨렸다. 기세에 주눅 들지 않고 오히려 반격해 오고 있다. 그 누가 자신의 앞에서 저런 패기를 부릴 수 있단 말인가.

무림맹주는 여태까지 제자가 없었지만 진천을 제자로 두고 싶은 욕망이 꿈틀거렸다.

천하에 둘도 없는 근골에 뛰어난 정신력, 총명한 머리, 그리고 인성까지.

무림맹에 필요한 영웅이었다.

진천이 보법을 밟으며 무림맹주에게 달려들었다. 수많은 강기가 뿜어져 나가며 무림맹주를 압박했다.

무림맹주는 검을 휘저으며 강기들을 가볍게 튕겨냈다.

콰가가가가!

튕겨 나간 강기가 비무장을 박살 내며 잔해들이 치솟았다.

진천의 몸이 흔들리는가 싶더니 그 자리에서 사라졌다. 무림맹주의 사방을 메우며 잔상들이 나타나기 시작했다.

"호오, 대단한 신법이군. 이형환위의 극치구나!"

쉬이익!

무림맹주의 옆에서 나타난 진천이 검을 뻗었다. 무림맹주의 검이 들려지며 진천의 검을 튕겨냈다. 워낙 방대한 내공을 담고 있어 진천의 몸이 검과 함께 허공에 부웅 하고 떴다.

진천은 몸을 회전시키며 검에 담긴 내력을 이용해 바닥에 착지했다. 이미 비무장은 만신창이가 되었다. 하지만 무림맹주가 서 있는 영역은 먼지 하나 없이 깨끗했다.

그곳은 그의 공간이었다. 그 공간을 깨지 않으면 무림맹주를 쓰러뜨리는 것은 불가능했다.

'지금은 역시 불가능하군.'

자신의 전력이라고 하지는 못하지만 단진천으로서의 전력을 내보여야 했다. 그래야 자신에게 도움이 되는 깨달음이 생길 것 같았다.

진천의 기세가 달라졌다.

달라진 진천의 분위기를 보고 무림맹주는 고개를 끄덕이며 검을 들었다. 진천이 전력을 다한다는 것을 알고 방어 자세를 취해준 것이었다.

단천검이 맑은 검명을 토해냈다. 그 소리가 비무장을 넘어 무림맹 전체에 울렸다. 사람들의 심금을 흔드는 소리였다.

진천의 검이 진천의 손을 떠나 무림맹주에게 뻗어갔다. 진천이 최근에 깨달은 이기어검의 수법이었다.

단천검법에는 그 정도 되는 수준의 묘리가 담겨 있지는 않지만 진천이 스스로 단천검법으로서 이기어검을 구현해 내었다.

수라검법이 있었기에 가능한 일이었다.

무림맹주는 연이어 감탄하며 검을 놀렸다. 진천의 단천검이 무림맹주를 압박하며 엄청난 속도로 휘둘러졌다.

검강이 깃든 단천검은 무림맹주라 할지라도 무시할 수 없었다.

무림맹주는 여전히 뒷짐을 진 채 단진천의 검을 막아냈다. 그러다가 소매가 조금 찢어지는 순간 무림맹주의 기세가 일변했다.

타아앙!!

무림맹주의 검이 번쩍하는 순간 단천검이 힘없이 튕겨 나가며 진천의 바로 앞에 꽂혔다.

무림맹주는 인자한 표정으로 진천을 바라보았다.

진천은 튕겨 나간 단천검보다 방금 무림맹주의 한 수에 크게 놀랐다. 빛살처럼 빠르며 자연 그 자체를 보는 것 같은 검이었다.

"보았는가?"

"네. 거대한 흐름이… 느껴졌습니다."

"제대로 보았군."

진천의 말에 무림맹주는 흡족한 듯 고개를 끄덕였다.

"검이 마음이고 그 마음이 곧 검이 되는 경지에 이르게 되면 거대한 자연의 흐름을 담을 수 있을 걸세. 그것이 바로 진정한 이기어검이지."

진천은 무림맹주의 말에 눈이 커졌다.

무림맹주는 심검의 묘리를 말하고 있었다. 진천으로서는

아직 닿을 수 없는 까마득한 경지였다.

하나 방금 전 그 한 수를 보고 어렴풋이 그 경지를 느낄 수 있었다. 그것만으로도 대단한 깨달음이었다.

"어설프게나마 이기어검을 흉내 낼 줄은 몰랐네. 대단하군, 대단해."

"큰 가르침, 감사드립니다."

"깨달음을 얻었다니 기쁘군."

진천이 바닥에 꽂힌 검을 뽑아 들자 비무장이 쩌억 갈라지기 시작했다.

"와아아아아아!"

"엄청나다!"

환호성이 비무장을 다시 흔들었다.

엄청난 수준의 경지를 두 눈으로 보게 된 무림인들은 흥분을 감추지 못했다.

검강을 보는 것조차 평생에 한 번 있을까 말까한 일인데 무려 이기어검을 직접 눈으로 본 것이었다. 후대에 길이 전할 자랑거리였다.

진천은 무림맹주에게 깊게 고개를 숙였다.

무림맹주가 진천에게 가까이 다가와 그의 어깨에 손을 얹어 주고는 좌중들을 바라보았다.

환호 소리는 더욱 커져 갔고 무림맹을 뒤흔들었다.

진천과 무림맹주를 연호하며 그렇게 비무 대회가 끝났다.

* * *

비무 대회에서 우승한 후 진천은 바쁘게 움직여야만 했다. 단순하게 신룡회를 상징하는 황금 패와 우승 상금을 받고 끝나는 것이 아니었다.

무림맹주의 주도로 소집된 회의에도 참여했고 구파일방, 오대세가의 어른들과도 이야기를 나누어야 했다.

진천은 어느 하나 시간을 낭비하지 않았다.

"그렇지. 단문세가의 뿌리가 화산파에 있음을 이미 알고 있었네."

"예, 비록 몸은 떨어져 있으나 마음에는 화산의 정신이 남아 있습니다."

"허허허! 우리도 단문세가를 잊지 않고 있었네. 자네는 화산의 제자와도 같으니 언제든 편하게 화산을 방문해도 좋네. 내 장문인께 말씀드리지."

"감사합니다. 화산의 가르침은 정말 많은 공부가 될 것입니다."

화산파의 원로는 매우 흡족해하며 크게 소리 내어 웃었다.

화산파 원로와의 대화는 유익했다.

진천은 그와 논검을 펼치며 화산파의 검을 간접적으로나마 체험해 볼 수 있었다.

화산파의 원로는 보는 눈이 많아 직접 지도를 해주지 못하는 것을 매우 아쉬워했다.

구파일방과 오대세가의 대부분이 진천에 대해 크게 호감을 갖게 되었다.

남궁세가는 조금 꺼려했는데 아무래도 진천이 남궁휘를 가볍게 이긴 것을 보고 큰 충격을 받은 듯했다.

황보대산은 남궁세가의 콧대가 꺾인 것이 매우 마음에 들어 했다. 노을이 질 때쯤이 되어서야 풀려날 수 있었다. 하나 진천은 숙소로 돌아갈 수 없었다.

무림맹주와의 저녁 약속이 있었기 때문이었다. 아직 시간적인 여유가 있어 무림맹을 둘러보는 것이 좋을 것 같았다.

무림맹은 크고 화려했다. 마치 황궁을 보는 것 같은 그런 웅장함을 지니고 있었다.

"단 회주님!"

"단 회주님, 우승을 축하드립니다."

무림맹 소속의 젊은 무인들이 진천을 보며 공손하게 인사했다.

진천은 이제 자신들의 상관이었기에 앞다투어 그와 친분을 다지려 했다.

진천은 겸손한 모습을 보이며 그들을 상대해 주었다.

제갈소현 역시 진천을 향해 다가왔다.

"우승 축하드립니다."

"고맙습니다."

"한 가지 청이 있습니다."

진천은 제갈소현을 바라보았다.

진천과 제갈소현이 서 있는 모습은 상당히 잘 어울렸다.

제갈소현이 주변의 무인들에게 눈치를 주자 그들이 모두 자리를 비켜 주었다.

"말씀해 보시지요."

"저를 싫어하시는 것은 알고 있어요. 저를 신룡회의 책사로 써주시지 않겠습니까?"

인사의 모든 권한은 진천에게 있었다.

무림맹주는 신룡회의 모든 것을 진천에게 맡겼다. 물론 진천을 감시하는 자들도 심어놓았지만 그들은 이미 진천이 모두 파악한 뒤였다.

그녀의 말은 의외였다.

"저는 오래전부터 무림맹을 도와왔어요. 저보다 이곳을 잘 이해하고 있는 두뇌는 없을 거예요. 그리고……."

"알겠습니다. 그리하지요."

"네?"

진천이 시원하게 대답하자 제갈소현이 오히려 당황하며 진천을 바라보았다.

"정말이신가요?"

"할 일이 많으실 겁니다. 당분간 제갈세가로 돌아가지 말고 이곳에 머무는 것이 좋겠습니다."

제갈소현은 진천을 뚫어져라 바라보았다.

진천의 얼굴에서는 어떠한 사심도 읽을 수 없었다. 곁에 두어 괴롭힐 작정인가라고도 생각해 보았지만 그럴 인물은 아니었다.

과거의 악연은 작은 오해에서 비롯되었다고 보는 것이 맞았다.

그 일을 키운 것은 제갈소현이었다. 그리고 진천을 끊임없이 괴롭힌 것도 제갈소현이 주도한 일이었다. 하지만 진천은 그런 과거 따위는 전혀 신경 쓰지 않는 것 같았다.

"그리고 싫어하지 않습니다. 다소 악연이 있다고는 하나 오히려 그렇기에 더 잘 지낼 수 있지 않겠습니까?"

"이미 저의 밑바닥을 보았기 때문이군요."

"제가 본 제갈 소저는 분명 위험합니다. 지나치게 계획적이고 냉정하기까지 하지요. 목적을 위해서라면 수단과 방법을 가리지 않고 죄책감을 느끼긴 하지만 그것을 외면할 줄 알지요."

"……."

진천이 차분하게 말하자 제갈소현의 눈동자가 크게 떠졌다. 마치 진천의 앞에서 알몸으로 서 있는 기분이었다.

"그 위험함을 신룡회를 위해 써주시길 바랍니다."

"본래 제가 회주님을 설득해야 하는데 회주님께서 절 설득하셨군요."

"그 마음속에 무엇을 감추고 있는지는 모르지만 도움이 필요하시다면 언제든 저에게 오십시오. 저는 제 사람을 결코 버리지 않습니다."

제갈소현의 눈이 흔들렸다. 멍해진 표정을 간신히 수습하며 고개를 숙였다.

"…말씀 감사합니다. 그럼 추후에 일정을 정리하여 보고하도록 하겠습니다."

"예, 편안한 밤 되십시오."

제갈소현은 뒤로 물러나며 사라졌다. 마음고생이 심해 보였다. 하긴 제갈남진에게 제압당한 상태인데 오죽하겠는가.

흑천이 따로 명령한 일은 아니었다. 하지만 제갈남진의 일거수일투족은 모두 진천에게 보고되고 있었다.

제갈남진은 제갈소현을 이용해 진천을 유혹하고 있었다. 하나 제갈소현은 빠져나갈 방법을 찾고 있는 듯했다.

'똑똑한 여자니 무림맹을 분열시키는데 도움이 되겠지.'

제갈남진보다 이용 가치가 있었다.

제갈남진은 그저 허수아비일 뿐이었다. 너무 급격하게 제갈세가에 새로운 바람이 불면 주위에 의심을 살 수 있었다.

제갈남진의 역할은 그 의심을 없애는 것일 뿐이었다.

'여기가 신룡회의 건물인가?'

새로운 현판이 올라가 있었다. 과거에 쓰던 건물을 새롭게 단장하고 숙소를 증축하는 중이었다.

신룡회라고 이름을 지은 것은 진천을 배려해서였다. 그리고 산동의 신룡단을 흡수할 계획도 포함되어 있었다.

산동의 젊은 무림인들은 신룡회라는 이름에 크게 만족해서 앞다투어 입회 신청을 하고 있었다.

'여러모로 날 잘 이용하고 있군.'

산동의 젊은 무림인들을 흡수했으니 미래의 산동을 흡수한 것과 다름없었다.

진천은 그의 의도대로 움직여 줄 생각이었다.

"단 회주님."

젊은 무인 하나가 진천의 앞에 달려왔다. 경공을 써서 전력 질주를 한 터라 땀을 비 오듯 흘리고 있었다.

"맹주님께서 찾으십니다."

진천은 고개를 끄덕였다. 아직 시간이 많이 남아 있을 터였다. 진천을 이리 바삐 찾는 것을 보면 무언가 문제가 있거나 무언가를 꾸미고 있는 것이 틀림없었다.

'어젯밤의 일과 관련이 있는 건가?'

가보면 알게 될 것이다.

진천은 바로 무림맹주가 기거하고 있는 곳으로 향했다. 전에 와본 터라 쉽게 찾아갈 수 있었다. 게다가 진천은 특별한 곳 외에는 모든 곳에 출입을 할 수 있었다.

기다릴 것도 없이 진천이 문을 열고 안으로 들어갔다. 안에는 무림맹주가 근심이 가득한 얼굴로 서 있었다.

'연기로군.'

방심을 했다면 속아 넘어갈 정도였다. 진심이 담긴 그럴듯한 연기였지만 진천을 속일 수는 없었다.

진천은 무림맹주의 앞에서 절대 방심하지 않았다.

"어서 오게! 이리 일찍 부르게 되어 미안하네."

"아닙니다. 한데 무슨 근심이라도 있으신 겁니까?"

"근심… 허허, 무림맹주라는 과분한 자리에 있지만 결국 나도 어쩔 수 없는 인간인가 보네."

무림맹주는 그렇게 말하며 진천을 바라보았다.

그의 눈에는 진심과 거짓, 모든 것이 담겨 있었다.

"사적인 이야기일세."

무림맹주의 말에 진천은 즉각적으로 기감을 넓혔다. 열린 문을 닫고는 무림맹주를 바라보았다.

무림맹주는 고개를 끄덕이며 흡족해했지만 티를 내지는 않았다.

"저라도 괜찮으시다면 말씀해 주십시오. 고민은 나눠야 옅어지니 말입니다."

"허허허, 그리 말해주니 고맙군. 사실 어디가서 털어놓고 이야기할 상대가 없었다네."

무림맹주는 그렇게 말하며 다시 슬픈 표정을 지었다.

"사실 오늘 밤에 내 딸아이를 소개해 주려고 했네. 무림을 돌보느라 바빠 그 아이를 신경 써주지 못했네. 자네라면 좋은 벗이 되어줄 수 있을 거라 생각했지. 그래서 무리하게 무림맹으로 부른 것이야."

"그렇군요."

딸아이는 무림제일화라 알려진 곽하연이었다.

무림맹주의 딸답게 무공 실력도 출중했는데 자신에게 치근대던 명문세가의 소가주와 호위 무사들을 모조리 제압해 버린 일화는 대단히 유명했다.

차가운 표정 때문에 곽하연이라는 이름보다는 빙화라는 별명으로 더 많이 불리고 있었다.

진천도 무림맹주에 대해서 충분히 파악하고 있었기에 곽하연의 존재도 알고 있었다. 역시 무림맹주와 곽하연의 사이가 좋지 않은 것은 분명했다.

"호위 무사를 따돌리고 무림맹을 나갔더군. 다시는 찾지 말라는 쪽지를 남긴 채 말이야. 자네에 대해 이야기를 했는데… 뭔가 오해를 한 모양이네. 참 못난 아비지 않나?"

"아닙니다. 진심은 전해지게 마련이지요."

"그래. 나도 그렇게 믿고 있네. 하나 이제 그럴 수 없게 되었군. 마음 같아서는 직접 찾아가고 싶지만 그럴 수 없는 형편인 것이 저주스럽네. 어찌 해야 할지……."

"곽 소저의 무공 실력은 출중한 것으로 알고 있습니다. 혹여 다른 문제가 있습니까?"

"실은……."

무림맹주는 어젯밤에 있었던 일을 이야기하기 시작했다.

사파의 고수가 난입해 무림맹의 건물을 지키고 있던 호위 무사들을 죽였다고 말했다. 진천이 죽인 것이지만 무림맹주는 그것을 알 길이 없었다.

무림맹주는 적당히 진천에게 꾸며 말했다. 사파의 세작들이 무림맹에서 활약하고 있고 아직 무림맹 주변에 사파 무리들이 잠복해 있을지도 모른다고 말이다.

"어제 무림맹의 서고에 있던 중요한 장부가 사라졌네. 그 장부의 존재는 무림맹의 인물들만 알고 있었지. 생각보다 사파의 잔재들이 깊숙이 남아 있는 모양일세. 다 내가 부덕한 탓이지."

"맹주님께서 무슨 잘못이 있겠습니까? 다 그 간악한 사파 무리들 때문이지요. 맹주님께서 자비를 베풀어 그들을 살려 주셨건만 감히 또다시 백도무림의 질서를 어지럽히려 하다니 정말 배은망덕한 놈들입니다."

진천은 드물게도 분노에 찬 모습을 보여주었다.

진천은 마음을 진정시키는 척하며 다시 입을 떼었다.

"무림맹 내부에 세작이 있다면 그녀가 홀로 나간 사실도 파악했겠군요."

"사사로운 일에 함부로 무림맹을 움직이게 된다면 그 또한 월권일세. 자네에게 이 일을 부탁해도 되겠나? 세작이 잡힐 때까지 하연이를 보호해 주게나."

"맹주님의 일은 무림맹의 일이기도 합니다. 하나 맹주님께서 그렇게 생각하신다면 제가 목숨을 걸고 곽 소저를 보호하겠습니다."

"허허허. 고맙네, 정말 고맙네."

무림맹주는 진심으로 고마워했다. 이 순간만큼은 연기가 아니었다.

'딸을 위하긴 위하나 보군.'

무림맹주의 인간적인 모습이 보이자 진천은 속으로 그를 비웃었다. 약점이라면 약점이었다.

"아직 멀리가진 못했을 것이네."

"예, 그럼……."

"고맙네."

진천은 무림맹주에게 깊게 고개를 숙이고는 그 자리에서 사라졌다.

무림맹주는 진천이 사라진 자리를 보다가 부드러운 미소를 지었다.

제5장
무림제일화 곽하연

진천은 경공을 전개하며 무림맹 밖으로 빠져나왔다.

오늘 밤 진천과 무림맹주가 자리를 함께할 것이라고 알려져 있으니 진천을 찾는 이는 없었다.

'무림맹주가 꾸민 수작이 분명해.'

그 의도는 정확히 파악할 수 없었으나 많은 것을 노리는 듯했다.

곽하연은 안전할 것이다. 그녀를 이용할 정도로 간사한 자이기는 했지만 무림맹주는 그녀를 아꼈다.

곽하연이 무림맹주랑 한통속일 가능성은 배제할 수 없지만 그렇지는 않을 것 같았다.

진천이 무림맹을 떠나 움직이기 시작하자 진천의 감각에 인기척이 걸려들었다.

'살수?'

살수로 보이는 자들이 은밀하게 이동하고 있었다.

진천은 살수들을 뒤쫓기 시작했다. 사파의 무공을 쓰고 있지만 무림맹과 관련이 있을 것이 분명했다.

'일류 수준이군. 하나 움직임이 단조롭다.'

일류 수준의 내공을 지녔지만 움직임은 삼류에서 이류 정도였다. 소모용으로 키워진 살수인 것 같았다.

진천은 생각할 것도 없이 살수들을 뒤쫓았다. 본래대로라면 일단 살수들을 싹 다 쓸어버리고 심문했겠지만 무림맹주의 의도가 섞여 있는 만큼 따라주는 것이 좋을 것 같았기 때문이다.

흐름대로 가다 보면 진천이 해야 할 역할이 분명 있을 것이다.

그때 진천을 따라붙는 기척이 느껴졌다. 워낙 작은 기척이라 기감을 끌어올리지 않았다면 알아채지 못할 정도였다.

'고수.'

대단한 고수였다. 수라역천신공을 사용하여 붙는다면 승산이 어느 정도 있겠지만 단천검법으로는 백초지적이 되지 않을 것 같았다.

무림맹주의 측근으로 보였다. 무림맹이 강한 것은 무림맹주의 강함도 있겠지만 그를 따르는 자들의 압도적인 무력 때문이었다.

사파연맹을 없애 버리고 그들의 모든 이득을 취한 무림맹이었다. 핵심적인 것들은 천악산에 있었지만 그것 외에는 모두 무림맹과 마교에 흡수되었다.

그것이 무림맹을 더욱 강하게 만들어주었다. 고수는 극강의 고수가 되었고 무림맹주는 절대자가 된 것이다.

진천은 감시를 모른 척하며 살수들을 뒤쫓았다.

살수들은 살기까지 뿜어대며 누군가를 추적하고 있었다. 추적의 대상이 곽하연인 것이 분명했다.

'연기는 아니군.'

연기는 아니었다. 그들은 진정으로 곽하연을 죽이려 하고 있었다.

만약 진천이 여기서 멈춘다고 해도 곽하연은 죽지 않을 것이다. 진천을 감시하고 있는 자가 구해줄 것이 분명했다. 일종의 안전장치인 셈이었다.

무림맹을 벗어나 대나무 숲으로 진입했다.

진천은 대나무를 밟으며 빠르게 앞으로 나아갔다. 진천의 몸놀림은 가볍기 그지없었다. 허공답보의 경지를 보여주지는 않았지만 진천의 나이 또래가 쓸 경지의 보법은 절대 아니었다.

병장기가 부딪히는 소리가 들려왔다.

진천은 내력을 일으키며 앞으로 튕겨 나갔다. 궁신탄영(弓身彈影)의 수법이었다.

공중을 가르며 전투가 벌어진 곳에 도달했다.

살수들이 한 여인을 포위하고 있었다.

'곽하연이군.'

그녀는 상처를 입었는지 팔에서 피가 흘러나오고 있었다. 그리 깊은 상처는 아니었다.

살수들이 집요하게 대열을 정비하며 검을 휘둘렀다.

곽하연은 절정의 기량으로 검을 방어해 냈지만 상당히 힘겨워 보였다.

무림맹주가 전수해 준 검법이 그녀를 살리고 있었으나 이해가 깊지 못한 건지 호흡이 끊겼고 내력의 흐름이 원활하지 못했다.

'본래대로라면 살수에게 죽겠지만… 그럴 가능성은 없군.'

잘 만들어진 무대였다.

진천은 바로 살수들 가운데로 뛰어들며 검을 휘둘렀다. 곽하연에게 검을 찔러 넣으려던 살수가 두 동강이 나며 바닥에 쓰러졌다.

곽하연은 놀란 표정으로 진천을 바라보았다.

진천은 곽하연에게 살짝 시선을 주었다가 살수들을 바라볼 뿐이었다.

"다, 당신은… 단진천……."

"자세한 이야기는 살수들을 정리하도록 하지요."

진천이 기세를 일으키자 살수들의 몸이 흠칫 떨렸다.

진천이 감당할 수 없는 적인 것을 깨달았지만 살수들은 퇴각하지 않았다.

"맹주의 딸을 죽여라!"

그들은 진천을 무시하며 곽하연에게 암기를 던져 대며 달려들었다.

곽하연은 상당히 지쳐 있었다. 꽤 긴 시간 동안 싸움을 벌인 듯했다.

곽하연에게 치명상을 안겨줄 수 있는 공격이었지만 애석하게도 진천이 막아섰다.

서걱!

진천의 단천검에 치솟은 검강이 간단하게 살수 두 명을 갈라 버렸다.

진천은 가볍게 검을 놀리며 곽하연의 앞을 막아섰다. 살수들이 동귀어진을 펼치며 달려들기 시작했다.

수많은 살수가 동귀어진을 펼치는 모습은 마치 성난 파도와도 같았다.

지잉!

단천검이 검명을 토해냈다. 그 순간이었다.

진천의 검이 순식간에 앞으로 뻗어졌다.

콰가가가!

강기가 뿜어져 나가며 달려들던 살수들을 휩쓸었다.

살수들이 일으킨 내력의 파도는 진천에게 닿지 못하고 그대로 흩어졌다. 대나무와 함께 살수들의 몸이 바닥에 쓰러졌다.

진천은 곽하연의 허리를 감싸안으며 그대로 몸을 날렸다.

암기다발이 곽하연이 있던 자리에 쏟아져 내렸다. 사파들이 자주 쓰던 암기술이었다.

휘이익.

또다시 암기들이 날아왔다. 살수가 날린 것은 아니었다. 진천을 감시하며 숨어 있던 자가 곽하연을 향해 날린 것이었다.

진천은 잠시 고민하다가 암기들을 쳐내기 시작했다. 곽하연을 안고 있어 움직임이 부자연스러운 탓에 결국 어깨에 암기 하나가 꽂히고 말았다. 피하려면 피할 수 있었을 테지만 단진천의 현재 경지에서는 피하지 못하는 것이 맞았다.

'알면서 당해주는 건 힘들군.'

암기의 끝에는 독이 묻어 있었다. 극독은 아니었다.

독이 침입하자마자 혼기가 먹어치우려고 했지만 진천이 그것을 막았다. 어쨌든 독에 당해준 척을 해야 했다.

"단 소협?"

진천의 어깨에 암기가 박힌 것을 본 곽하연은 당황해했다.

진천은 암기를 뽑아버리고는 살수들의 검을 튕겨냈다. 그와 동시에 빠르게 검을 휘둘러 살수들을 베어버렸다.

극에 이른 쾌검이 발휘되며 살수들은 자신이 어떻게 죽은 것인지도 인식하지 못한 채 바닥에 쓰러졌다.

주변에 몰려온 살수들이 대충 정리되었지만 다른 살수들이 몰려오는 것이 보였다.

진천의 상대는 되지 않겠지만 아쉽게도 지금은 독에 당한 설정이었다. 당장 죽을 만한 극독은 아니기는 하나 무시할 수 없는 수준의 독이었다.

현경에 이른 진천이 어느 정도 버틸 수 있는 수준이니 다른 무림인들에게는 극독이나 마찬가지였다.

진천은 단천검을 바닥에 꽂아 넣으며 무릎을 꿇었다. 사법을 운용하며 몸의 상태를 조정했다.

진천의 어깨에서 죽은 피가 흘러나왔다.

곽하연은 그것을 본 순간 안색이 새파랗게 변했다.

"패혈산(敗血散)!"

곽하연이 독이 무엇인지 알아차렸다. 흘러나온 진천의 피가 끓고 있었기 때문이다.

마시거나 스치기만 해도 피가 썩어 버리는 독이었다.

화경에 이르지 않는 이상 버틸 수 없는 독이기도 했다.

진천을 감시하는 자가 진천 정도 되면 꽤 버틸 수 있다고 생각한 모양이다.

진천은 다시 자리에서 일어났다.

"당장 해독하지 않으면 목숨이 위험해요!"

"그럴 여유가 없는 것 같군요."

곽하연은 살수들이 접근해 오는 것을 알아차렸다.

진천은 곽하연을 안아 들고는 경공을 전개했다.

"단 소협! 저를 그냥 놔두고……!"

진천은 곽하연의 말을 무시하며 달려 나갔다. 살수들이 진천을 따라잡지 못하고 뒤처졌다.

대나무 숲을 벗어나자 폭포가 보였다. 진천은 주저하지 않고 밑으로 뛰어내렸다.

"으읏!"

곽하연이 진천의 몸을 꽈악 잡았다. 굉장한 높이에서 떨어져 내리니 놀란 것이다.

허공을 한 차례 격한 후 속도를 줄인 진천은 몸을 회전시키며 바닥에 착지했다.

'지금 정도라면 중독이 되었겠지.'

진천은 사법을 운용하며 중독으로 위장했다.

안색이 창백해지며 입술이 푸르게 변했다. 온몸에 열이 펄펄 끓어올랐다.

곽하연은 그것을 알아차리고는 진천을 바라보았다.

"다, 단 소협!"

그녀의 목소리는 떨리고 있었다.

진천은 혈을 짚은 다음 즉석에서 삼매진화를 일으켜 상처를 지져 버렸다.

진천은 신음조차 내지 않았지만 그것을 지켜보던 곽하연이 오히려 비명을 질렀다.

진천이 비틀거리며 무릎을 꿇자 곽하연이 진천을 붙잡았다.

곽하연은 소매를 찢어 깨끗한 물에 적신 다음 진천의 상처를 닦았다.

진천은 그런 그녀의 손을 잡으며 고개를 저었다.

"이곳은 제가 막아보겠습니다. 산맥을 경유하여 도주하신 후 무림맹으로 돌아가십시오."

그 편이 진천에게는 편했다. 적당히 살아남았다고 알리면 되는 일이었다.

진천은 그녀가 무림맹주를 닮아 이기적이기를 바랐다. 하지만 곽하연은 고개를 저었다.

"그럴 순 없어요."

"한 사람이라도 사는 것이 낫지 않겠습니까?"

"그렇게 사느니 차라리 죽겠어요. 제 목숨을 구해주신 분을 두고 갈 수는 없어요."

비무대에서 봤을 때는 얼음장처럼 차가운 표정이었다. 그러나 지금은 그 표정이 많이 깨져 있었다. 눈시울을 붉히고 있는 모습은 빙화라 부를 수 없는 모습이었다.

진천은 비틀거리면서 일어났다.

"고집이 세시군요."

"아버지도 절 어찌할 수 없었으니까요."

"그건 본받을 만합니다만……."

진천은 폭포를 가리켰다.

"저쪽으로… 저쪽에 동굴이 있군요."

"알겠어요. 제게 몸을 기대세요."

곽하연은 진천의 몸을 이끌고 폭포 안으로 들어갔다.

진천의 말대로 폭포 뒤에는 자그마한 동굴의 입구가 있었다. 자세히 봐야 입구가 보일 정도로 작았다.

동굴의 안으로 들어가자 넓은 공간이 모습을 드러냈다.

쨍그랑!

진천의 단천검이 바닥에 떨어졌다.

"단 소협!"

곽하연은 급히 진천을 바닥에 눕혔다.

진천의 상의를 풀어 상처를 살펴보았다. 진천의 몸에는 무수한 상처가 있었다. 아직 젊은 나이지만 수많은 전장을 겪어온 무사의 몸을 보는 것 같았다.

곽하연은 진천의 어깨에 있는 상처를 보고는 진천의 맥을 짚었다.

'내공이 고강해 독의 중독이 더디게 진행되고 있어! 해독제만 제때에 만들 수 있다면……'

하지만 지금 같은 상황에서는 해독제를 만들기는커녕 재료조차 구할 수 없었다. 그저 진천의 몸에 내력을 불어넣어 기운을 회복시켜 주는 일밖에 할 수 없었다.

곽하연이 내력을 일으키며 진천의 몸에 불어넣었다. 그녀의 얼굴에 땀이 송글송글 맺혔다. 다행히 차도가 있었는지 진천의 안색이 돌아왔다.

"단 소협! 정신이 들어요?"

"그런 것 같군요."

"다행이에요."

진천이 몸을 일으키려하자 곽하연이 손으로 막았다.

"몸을 움직여선 안 돼요. 아직 해독된 것이 아니에요. 이번에 다시 정신을 잃으신다면 더 이상은……."

"날이 완전히 어두워지면 빠져나가도록 하세요. 오늘은 달이 뜨지 않는 날이니 냇가에서 냄새를 지운다면 살수들도 쉽게 추적할 수 없을 것입니다."

"단 소협."

곽하연이 진천과 눈을 맞추었다.

"다시는 그런 소리 하지 마세요."

진천은 깊은 숨을 내쉬며 입을 다물었다.

밤이 조금씩 깊어갔다. 곽하연과 진천은 계속해서 대화했다. 진천이 정신을 잃지 않게 하기 위함이었지만 점차 대화에 빠져들었다.

목숨이 위급한 상황치고는 따듯한 분위기였다.

"제가 무림맹을 몰래 떠난 것은… 그저 반항심이었어요. 어머니는 아버지의 무관심 속에서 돌아가셨어요. 무림의 영웅이지만 가장으로서는 최악이에요. 그런데 이제 와서……."

"맹주님께서도 후회하고 계실 겁니다."

"단 한 번도!"

곽하연의 목소리가 높아졌다. 곽하연은 스스로 놀라며 목소리를 낮추었다.

"그런 모습을 보여주신 적이 없어요. 그저 전… 아버지의 인형으로서 이용당할 뿐이에요."

"저에게 체면을 구기며 부탁하신 분이 맹주님이십니다."

침묵이 가라앉았다.

곽하연은 많은 생각을 하는 듯했다.

감시자가 밖에서 엿듣고 있었기에 진천은 최대한 무림맹주를 위하는 발언을 해야만 했다.

　"단 소협의 이야기를 들려주세요."

　"저는 망나니였습니다."

　"예?"

　"제남의 망나니로 유명했지요."

　"사, 상상이 안 돼요. 단 소협께서 망나니라 불렸다니… 황보 언니를, 황보세가를 구하셨잖아요? 진무방의 악행도 막으시고……."

　진천은 곽하연을 보며 눈을 깜빡였다. 곽하연은 얼굴을 붉히며 시선을 피했다.

　"저도 들어 알고 있어요."

　"그거야 최근의 일입니다. 참 잘못도 많이 했지요. 하지만 저를 잡아준 것은 결국 가족이었습니다. 막대한 희생을 감수하며 저를 지켜준 것도 가족이었습니다."

　"가족……."

　"한 번 진솔한 대화를 나누어보시지요."

　"…그렇다면 단 소협도 함께해 주세요. 혼자서는 힘들어요."

　진천은 난감하다는 표정을 지었다. 그러다가 한숨을 내쉬고는 고개를 끄덕였다.

　진천은 폭포 쪽을 바라보았다. 감시자의 기척이 사라졌다.

'물러났군.'

살수들도 모두 처리되었을 것이다. 감시자가 진천과 곽하연의 위치를 알고 있으니 곧 사람들이 찾아올 것이다.

'정말 재미있는 일을 꾸몄군.'

이것으로 무림맹이 얻을 수 있는 이득은 무엇일까?

내부의 세작을 잡아들인다.

그것을 명분으로 자기 자신을 지지하지 않는 무림맹 안의 세력을 숙청할 수 있을 것이고 사파의 잔존 세력에 대한 위협을 부각시켜 무림맹의 권한을 더욱 강화시킬 것이다.

'날 영웅으로 만들어서 써먹으려는 모양이군.'

여러모로 많은 수를 생각해 놓은 것 같았다. 모두가 남궁휘의 어설픈 수작이 만든 참사였다.

무림맹주는 위기를 기회로, 그리고 이득으로 만들 줄 아는 자였다. 강력한 무력에 교활한 두뇌를 갖춘 절대자였다.

"단 소협?"

진천이 조용해지자 곽하연은 진천을 불렀다.

진천의 눈이 서서히 감기는 것을 발견한 곽하연은 진천의 몸을 붙잡고 흔들었다.

"단 소협! 이겨내셔야 해요. 단 소협!"

"…부디 무사히……."

진천이 그렇게 말하고 눈을 감자 곽하연의 눈동자가 크게 혼들렸다.

곽하연은 어찌 할 바를 몰랐다.

이런 경험은 처음이었다. 스스로 똑똑하다고 자부심을 가지고 있었지만 지금 이 상황에서 그녀는 너무나도 무력했다.

진천이 없었다면 대나무 숲에서 죽었을 몸이었고 생명의 은인인 진천이 죽어가는 데도 아무것도 할 수 없었다.

그녀의 눈에서 눈물이 뚝뚝 떨어졌다. 그러다가 폭포 밖에서 불빛이 보이는 것을 발견했다.

거리가 가까워지고 있었다.

그녀는 굳은 표정으로 진천을 바라보았다.

그녀는 단천검을 들고 폭포 쪽으로 다가갔다. 그리고 고개를 내밀어 밖을 살폈다.

그녀의 눈동자가 크게 떠졌다. 무림맹의 무복을 입은 자들이 횃불을 들고 돌아다니고 있었기 때문이다.

"여기에요!"

그녀가 소리치자 무림맹의 무인들이 그녀의 앞으로 허겁지겁 몰려왔다.

그들 중에는 종진우와 황보미윤이 있었다.

황보미윤은 곽하연의 손에 들린 피가 묻은 단천검을 보는 순간 몸을 떨었다.

"그 검은……"

"다, 단 소협께서……."

"단 공자님은 어디에 계신가요?"

곽하연이 서둘러 폭포 안으로 들어가자 모두가 곽하연을 뒤따라왔다.

폭포 안 동굴에 누워 있는 진천을 발견한 순간 모두의 움직임이 멈추었다.

황보미윤이 재빨리 진천에게 다가갔다. 그녀의 눈은 혼란이 가득했지만 간신히 정신을 차렸다.

"빨리 무림맹으로……!"

"황보 소저! 제가 업고 가겠습니다. 이 중에서는 제가 제일 빠릅니다."

종진우가 단진천을 업고는 전력으로 경공을 전개했다. 황보미윤은 다리에 힘이 풀렸는지 주저앉아 일어나지 못했다. 곽하연은 그 모습을 보며 가슴이 굉장히 아파왔다.

"저를… 구하시다가 그만……."

"그러셨겠지. 그런 분이니까."

황보미윤이 비틀거리며 일어났다.

황보미윤은 곽하연의 앞으로 다가갔다.

황보미윤이 손을 뻗자 곽하연은 눈을 감았다. 곽하연은 폭행을 당해도 싸다고 생각했다.

그러나 황보미윤은 그런 곽하연을 안아주었다.

"고생했어."

"언니……."

"돌아가자."

황보미윤은 곽하연의 속내를 알고 있는 유일한 벗이었다.

무림맹에서 자신을 찾을 때 황보세가에 숨겨주기도 하고 같이 도망 다니기도 했다.

곽하연이 그래도 감정을 잃지 않았던 것은 모두 황보미윤 덕분이었다.

"흐윽……."

곽하연이 흐느껴 울었다. 황보미윤은 그런 곽하연을 토닥이며 조용히 눈물을 흘릴 뿐이었다.

*   *   *

진천은 무림맹의 의룡전(醫龍殿)에 옮겨졌다. 진천이 의룡전에 온 것은 이번이 두 번째였다.

첫 번째는 그가 깨어났을 때였다. 하지만 그때와는 상황이 무척이나 달랐다.

의료전을 담당하고 있는 백도신의(白道神醫)가 무림맹주의 명령을 받고 직접 달려왔다.

많은 의원이 그를 뒤따랐는데 그들의 손에는 무림맹의 창고에 보관되어 있던 귀한 약재들이 들려 있었다.

진천과 친분이 있는 모두가 초조하게 의룡전 밖에서 대기하고 있었다.

한참 뒤에 백도신의가 밖으로 나오자 그에게 모두가 몰려갔다.

무림맹주도 자리를 지켰는데 백도신의가 무림맹주에게 공손하게 인사했다. 황보대산과 모용주가 무림맹주의 뒤에 서 있었다.

곽하연과 황보미윤은 간절한 눈으로 백도신의를 바라보았다.

"어찌 되었는가?"

"다행히 늦지 않아 차도가 있었습니다."

"다행이군, 다행이야."

백도신의가 그렇게 말하자 무림맹주는 안도의 한숨을 내쉬며 기뻐했다. 곽하연과 황보미윤도 눈물을 흘리며 겨우 웃을 수 있었다.

"정말 잘해주었네."

"아닙니다. 단 소협이 잘 버텨주었습니다."

"그래, 누구의 짓인 것 같던가!"

무림맹주의 목소리에 분노가 서려 있었다.

"사파 살수가 과거에 주로 쓰던 독입니다. 상처의 모양 역시 그들의 암기로 만들어진 것이 분명합니다."

"사파, 사파 놈들이 아직도!"

무림맹주가 노기를 띠자 바닥이 진동하며 그 기세가 뻗어 갔다.

"맹주께서는 진정하시오."

"흠, 미안하게 되었소."

황보대산이 말리자 무림맹주가 기세를 거둬들였다.

백도신의는 깊은 숨을 내쉬며 입을 떼었다.

"나흘 후에는 깨어날 수 있을 겁니다. 해독은 했으나 신체가 극도로 약해진 상태이니 깨어난 후 보름 동안은 절대 무공을 펼쳐서는 안 됩니다."

"알겠네."

무림맹주가 고개를 끄덕이며 말했다.

곽하연은 조심스럽게 무림맹주의 옆으로 다가갔다. 무림맹주가 자신을 바라보자 고개를 숙였다.

"죄송… 합니다. 그리고 감사합니다."

"내가 미안하구나."

무림맹주는 그렇게 말하고는 등을 돌려 사라졌다.

황보대산은 안도의 한숨을 쉬며 고개를 설레 저었다.

"매번 목숨을 내던지는군. 정말 살아 있는 것이 용할 정도야."

"흐음, 저번 일은 자네의 잘못이 크지 않는가? 아무래도 황보세가보다는 모용세가가 더……."

"이 친구가 미쳤군. 지금 내 사위… 크흠, 단 소협이 저리 누워 있는데 그게 할 말인가?"

"그럼 할 말이지, 못할 말인가? 에잉 쯧쯧쯧. 아무튼 단 소협의 몸보신은 내가 책임질 테니 자네는 나서지 마시게!"

모용주의 말에 황보대산의 얼굴이 구겨졌다.

"한 번 해보자는 건가?"

"이미 하고 있지 않은가."

황보대산과 모용주가 서로를 노려보았다.

"정말 다행이에요."

곽하연이 그렇게 말하자 황보대산과 모용주의 고개가 돌아가며 곽하연에게 향했다. 그녀에게 시선을 떼고는 서로를 바라보았다.

"이건 또 큰일이군."

"흐음, 큰일일세. 맹주께서도 분명……."

황보대산과 모용주는 눈을 맞추며 고개를 끄덕였다.

무림맹주와 곽하연의 조합은 너무나 막강했다. 때문에 연합을 할 필요성을 느낀 것이다.

"허허허, 모용 대협! 오랜만에 술이나 한잔 하지 않겠소?"

"허허허! 그럽시다."

황보대산과 모용주는 어색하게 웃으며 말하다가 그 자리에서 사라졌다.

황보미윤과 곽하연 그리고 허겁지겁 달려온 모용화만이 백도신의의 허락을 얻어 의룡전 안으로 들어갈 뿐이었다.

종진우 역시 들어가려 했지만 더럽다는 이유로 거절당하고 말았다.

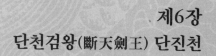

제6장
단천검왕(斷天劍王) 단진천

　단진천의 소식이 무림맹을 뒤흔들었다. 소문은 너무나도 빠르고 정확하게 전해져 갔다.

　무림맹주의 하나뿐인 딸인 무림제일화 곽하연이 사파의 살수들에게 죽을 뻔한 것을 단천검왕 단진천이 몸을 날려가며 구했다는 소문이었다.

　단진천은 사십이 넘는 사파의 살수에 홀로 맞서며 곽하연을 지켜냈고 치명적인 일격에 의해 사경을 헤매고 있다고 알려지자 모든 백도 무림인이 들끓기 시작했다.

　간악한 사파의 계획에 백도 무림인들은 분노했고 잔존 사파 세력을 척결하자는 운동까지 일어나고 있었다. 무림맹은 구파일방과 오대세가, 그리고 전 백도무림의 뜻을 모아 이번 일을 절대로 그냥 넘어가지 않을 것임을 선포했다.

단진천의 명성은 그야말로 하늘을 뚫을 듯이 치솟았다.

비무 대회에서 우승했을 뿐만 아니라 무림맹주가 가르침을 줄 때 믿을 수 없는 무위까지 선보였다.

그것만 해도 이미 절정에 달한 명성이었는데 무림제일화를 구했으니 화룡정점이라는 말이 오히려 부족함이 있었다.

"누가 단천검왕에게 어울리는 여인일까?"

"흐흐, 아무래도 천화제일미라 알려진 곽하연이 아닐까?"

"무슨 소리! 단천검왕은 황보미윤과 뜨거운 관계라던 데……"

"허어! 모용세가에서 단문세가에게 기별을 넣었다는 소식도 있었네."

어딜 가나 단진천의 이야기로 뜨거웠다.

남궁휘는 객잔에 앉아 차를 마시고 있었다. 그의 옆에는 희연, 지금은 화령이라 불리는 여인이 앉아 있었다.

둘은 자리에서 일어나 숙소로 이동했다. 방으로 들어오자 화령은 면사를 벗었다.

"단진천… 대단한 자로군요."

"그렇소. 불세출의 영웅은 그자를 두고 하는 말인 것 같소."

남궁휘는 진천을 인정하며 고개를 끄덕였다.

"그의 행적을 보면 그리 추앙받아도 어색함이 없어요. 다만……."

"다만?"

"이번 일로 일어난 결과가 모두 무림맹의 득으로 이어졌지요."

화령에게 있어서 무림맹은 원수였다.

그녀는 그날의 진실을 파헤쳐 무림맹에게 죄를 묻는 것을 목적으로 살아가고 있었다.

남궁휘를 만나 이대로 가슴에 묻고 살아가고 싶은 유혹도 있었지만 그녀는 그 슬픔과 분노를 잊을 수 없었다.

"이번 일도 무림맹이 꾸몄다는 말씀이오?"

"그날 밤에 있었던 일… 그 일이 발단인 것 같아요."

"나 또한 그리 생각하고 있었소."

남궁휘는 고개를 끄덕였다.

"단진천, 그자가 우리가 나간 사실을 알고 있었소."

"저, 정말이에요?"

"단진천, 그자는 무림맹주의 최측근이 되었어요. 우리의 이야기가 무림맹주의 귀에 흘러들어 갈 수도 있겠군요."

"지금은 몸을 낮춰야 할 때인 것 같소."

남궁휘의 말에 화령은 입술을 깨물다가 고개를 끄덕였다.

무림맹주의 권세는 계속해서 뻗어나가고 있었다. 천하제일가로 불리는 남궁세가라 할지라도 무림맹주의 손에서 자유로울 수는 없었다.

"미안하오."

"그런 말씀 마세요."

화령은 남궁휘의 손을 잡았다. 남궁휘는 부드럽게 웃으며 화령을 바라보았다.

권력, 명성, 재물. 그런 것들은 그에게 필요치 않았다.

눈앞에 있는 자신의 여자를 지키기 위해서라면 그는 목숨을 버릴 각오가 되어 있었다.

*　　　*　　　*

무림을 뒤흔든 진천은 정작 푹 쉬고 있었다. 무림맹의 각별한 치료를 받았기에 상처는 빠르게 회복되어 가고 있었다.

매일같이 찾아와 오랜 시간 서성거리는 곽하연과 진천의 옆에 꼭 붙어 있는 황보미윤, 그리고 모용화 때문에 억지로라도 쉬어야만했다.

그 셋이서는 무척이나 친해졌다. 진천을 간호하며 거의 친자매처럼 지내기 시작했다.

그녀들은 진천이 몸을 일으키려 할 때면 하늘이 무너질 것처럼 걱정하며 눈시울을 붉혀댔다. 그러니 누워 있는 것이 최선의 선택이었다.

'무림맹주도 이제 날 완전히 신뢰하겠지.'

무려 목숨을 바쳐 곽하연을 구하려 했던 진천이었다. 만약 자신이 무림맹주라고 하더라도 신뢰했을 것이다.

이것으로 무림맹에 온 소기의 목적은 달성했다. 게다가 모든 고통과 절망을 날려 버릴 만한 소식도 알게 되었다. 그것만으로도 모든 고통이 보상받는 느낌이었다.

하지만 진천은 멈추지 않을 것이다. 무림맹과 마교를 철저히 쳐부술 것이다. 그래야 희연이가 마음 놓고 살아갈 수 있었다.

진천은 꼬박 보름을 모두 채우고 나서야 일어날 수 있었다.

자리를 털고 일어난 그에게 백도신의가 당분간 무공을 쓰지 말라고 신신당부해 왔다.

한동안 의룡전의 가장 좋은 방에서 머물던 진천은 옷을 갈아입고 밖으로 나왔다.

밖으로 나오자 곽하연의 모습이 보였다. 평소에 치장을 전혀 하지 않는 그녀가 제법 치장을 하고 있었다.

"조, 좀 더 쉬시는 것이 좋을 것 같은데……."

"괜찮습니다."

"저기……."

곽하연이 머뭇거렸다. 무언가 상당히 말하기 어려워 보였다.

머뭇거리던 그녀가 옷자락을 꽉 쥐며 드디어 입을 떼었다.

"저도 화매처럼 대해주실 수 있나요?"

그녀의 표정은 간절해 보였다. 단순히 진천을 은공으로서 대하고 싶지 않은 것이다. 그리고 황보미윤과 모용화처럼 인연을 계속 이어가고 싶었다.

"그래, 그러도록 하지."

"고마워요!"

곽하연의 얼굴에 웃음이 번졌다.

"오라버니."

"왜 그러느냐."

"아, 아니에요."

진천은 부드럽게 웃으며 고개를 끄덕였다.

곽하연의 손에는 단천검이 들려 있었다. 검은 전체적으로 정비가 잘 되어 있었고 검집 역시 수리가 되어 있었다.

진천에게 내밀다가 다시 회수하고는 진천을 바라보았다.

"당분간은 절대 무공을 쓰시면 안 돼요!"

"알겠다."

"약조하시는 거예요?"

"그래."

약조를 받고 나서야 진천에게 단천검을 돌려주었다.

진천은 곽하연과 함께 의룡전 밖으로 나왔다. 지나던 많은 무림인이 걸음을 멈추고 진천에게 인사했다.

"회주님! 무사히 회복되셔서 다행입니다!"

"걱정했습니다!"

몇몇 아는 얼굴도 있었지만 대부분은 모르는 얼굴이었다.

진천은 적당히 인사를 해주고는 무림맹 내에 있는 신룡회의 건물인 신룡전(新龍殿)으로 향했다.

취임식을 아직 하지 않았지만 진천은 이미 신룡회의 회주였다. 아직 체계가 잡히지 않은 신룡회의 기틀을 마련할 필요가 있었다.

"저도 신룡회에 가입 신청을 했어요."

"음? 너도?"

"네. 맹주께서는 그냥 한 자리 맡아보라고 하시지만 저는 제 실력을 검증받고 싶어요. 밑바닥부터요."

"그렇군."

진천은 고개를 끄덕였다.

무림맹주의 딸이 신룡회에 들어온다면 신룡회의 발언권은 더욱 높아질 것이다. 아예 무림맹주의 직할부대로 다루어져도 이상하지 않았다. 진천에게는 나름 잘된 일이었다.

신룡전에 들어가자 많은 젊은 무림인이 보였다.

진천이 자리에 없어서 신룡회의 업무가 진행되지 않고 있었다. 가벼운 사안들은 제갈소현이 맡아 처리했지만 중요한 사안은 진천이 해결해야만 했다.

"회주님!"

"회주님께서 오셨다!"

"와아아아!"

진천을 발견한 젊은 무림인들이 환호성을 질렀다. 진천은 가볍게 응대해 주고는 다가온 제갈소현을 바라보았다.

"회주님, 몸은 괜찮으신가요?"

"괜찮습니다."

"아, 곽 소저도 계셨군요."

제갈소현이 곽하연을 바라보며 말하자 곽하연은 마음에 안 든다는 듯 제갈소현을 바라보았다.

"이곳부터는 신룡회 소속분들만 출입이 가능합니다. 죄송하지만……."

"네, 알겠어요. 곧 뵙도록 하지요."

제갈소현의 말에 곽하연은 그렇게 말하고는 진천을 보며 웃었다.

"무리하지 마세요."

곽하연은 진천을 걱정스러운 눈빛으로 바라보다가 작별을 고하고는 밖으로 나갔다.

"그녀도 가입 신청을 했더군요."

"알고 있습니다."

"그녀가 신룡회에 들어온다면 많은 힘이 될 것이에요. 그리고 회주님께서는 제 상관이십니다. 말씀 편하게 하시지요."

"그렇게 하도록 하지."

진천은 제갈소현과 눈을 맞추었다.

제갈소현은 대단히 고분고분했다. 그녀는 차분하게 일을 도모하고 있었다.

진천을 해하는 것이 아니라 제갈남진에게서 벗어나는 방향을 모색하고 있었다.

신룡전에는 진천의 방이 마련되어 있었다.

무림맹주의 전폭적인 지지 아래 각종 영약이나 비급 또한 제공되었는데 본래 있던 창고를 증축해야 할 정도였다. 아직까지 많은 장인이 신룡전에 붙어서 작업을 하고 있었다.

업무실에 들어가자 처리해야 할 것들이 쌓여 있었다.

"가급적 빨리 처리해 주셔야 합니다."

"많군. 두려워질 정도야."

"단천검왕께서 두려움을 느끼신다니 재미있군요."

진천은 그녀의 말에 소리 내어 웃었다.

"누구에게나 약점은 있는 법이지."

"기억해 두겠습니다."

진천은 자리에 앉아 일을 처리하기 시작했다.

진천의 작업 속도는 상당히 빨랐다. 옆에서 보조를 하고 있는 제갈소현마저 놀랄 정도였다.

"며칠 뒤에 있을 취임식은 어떻게 할까요? 맹주께서는 성대하게 하시길 원하십니다."

"사파들이 모습을 보이는 시기에 그런 건 좋지 않을 것 같군. 체계가 잡힐 때까지 뒤로 미루는 것이 좋겠어."

"현명하십니다."

제갈소현은 모처럼 미소를 지었다. 진천은 작게 숨을 내쉬고는 계속해서 일을 하기 시작했다.

*　　　　*　　　　*

그 후 진천은 며칠 동안 쉬지 않고 일했다.

황보미윤의 주도로 곽하연과 모용화가 찾아와 그런 진천을 말렸지만 진천은 그저 웃을 뿐이었다.

굉장히 바쁜 날들이 계속되었다.

아침에는 무림맹주에게 불려가 무림맹에 방향에 대해 듣고 그와 같이 간단한 공부를 하였다. 그리고 중요한 회의에도 참석해야 했다.

오후부터는 계속해서 신룡회의 안건들을 처리했다.

진천이 직접 참관하여 신룡회에 가입하고 싶어 하는 이들을 심사했다. 비무장을 빌려 비무를 진행했고 엄격한 기준에 따라 사람을 뽑았다. 체제 정비에도 힘썼는데 제갈소현의 도움으로 완성할 수 있었다.

신룡단의 밑으로 여러 개의 단이 구성되었는데 남궁휘를 제외한 구파일방과 오대세가의 후기지수들이 모두 가입하였다.

신룡회는 가히 젊은 무림인들에게는 꿈과도 같은 단체로서 자리하게 되었다.

구파일방과 오대세가의 후기지수, 그리고 무림맹주의 딸까지 아우르고 있으니 신룡회의 권한은 자연스럽게 강해질 수밖에 없었다.

무림맹주의 두터운 신뢰를 받고 있었고 모두가 무림맹을 위한 길이었기 때문에 무림맹의 원로들은 수긍하는 분위기였다.

사파의 잔당들이 출몰하는 이때 젊은 무림인들이 똘똘 뭉칠 필요성이 있다는 것을 제갈소현이 잘 부각시켜 주었다.

진천은 늦은 밤일을 끝마칠 수 있었다. 이제 중요한 사안들은 다 처리되었으니 당분간은 한가해질 것이다.

'시간을 좀 벌어야겠군.'

진천이 그렇게 생각하고 있을 때 업무실을 밝히고 있던 촛불이 꺼졌다.

진천은 붓을 내려놓고 자리에서 일어났다. 흑운이 나타나 진천 앞에 부복했다.

무림맹에서는 보고 듣는 귀가 많아 전음을 써야 했다. 흑운은 진천의 호위 무사로 알려져 있으니 무림맹의 출입은 자유로운 편이었다. 그러나 조심은 해야 했다.

[알아보았느냐?]

[사파연맹이 해체되고 나서 얼마 후에 외지의 세가에서 온 약혼녀로 알려져 있습니다. 지금은 신분을 위장하고 있기는 하나 세가에서는 남궁휘의 아내로서 대접받는다고 하더군요.]

[그런가.]

진천은 고개를 끄덕였다. 무려 천하제일가의 안주인이었다. 잘된 일이기는 했지만 좋지는 않았다. 무림의 한 가운데에 있었기 때문이다. 너무나 위험했다.

'직접 남궁세가의 가주를 만나 봐야겠군.'

진천은 그렇게 생각하며 흑운을 바라보았다. 따로 알아보라 시킨 일이 하나 더 있었다.

[찾아냈느냐.]

[예, 무림맹 근처에 집을 구입했더군요. 무림맹주가 백도신의를 붙여주었습니다.]

[백도신의까지 붙여줄 정도면 아직까지 마교와 친분이 꽤나 있는 모양이군.]

무림맹에 오는 길목에서 만났던 마교의 인물들에 관한 일이었다.

죽음에 이른 몸을 고치기 위해 백도신의가 무림맹의 요청을 받고 은밀하게 간 것을 흑운이 포착한 것이다.

집까지 구입한 것을 보면 치료를 위해 장기간 머물 계획인 것이 틀림없었다.

'당분간은 괜찮겠군.'

진천은 고개를 끄덕이며 다시 초에 불을 붙였다. 흑운은 이미 사라지고 없었다.

진천은 밖에서 느껴지는 인기척에 고개를 들었다.

"단 회주님, 계신가요?"

"들어오세요."

황보미윤이 촛대를 들고 안으로 들어왔다. 그녀는 간단한 야식을 들고 왔다.

진천이 그녀를 위해 의자를 준비해 주자 그녀는 웃으며 고개를 숙였다.

"밤늦게까지 정말 열심히 일하시는군요."

"구파일방과 오대세가의 신룡회원들이 무림맹을 떠나기 전까지 끝낼 일이 많았습니다. 저 역시 본가에 들러야 하니 빨리 일을 처리해야지요."

신룡회에 상주하는 인원은 정해져 있었다.

구파일방이나 오대세가의 후기지수들을 무림맹에 묶어놓는 것은 현실적으로 불가능했기에 특별한 일이 없는 이상 신룡회는 상주하는 인원으로 돌아가는 형식이었다.

진천 역시 무림맹에 상주해야 했다. 덕분에 진천이 가주로 오르는 것은 뒤로 미루어야 했다. 앞으로 폐관 수련을 한다는 구실로 시간을 벌 계획이었다. 그러니 중요한 일들은 물론 자잘한 일들까지 처리해 놓아야 했다.

'흑운에게 사기와는 다른 기운을 넣어주는 것이 문제이긴 하지.'

흑운에게 대역을 시키려면 흑운의 경지가 더욱 높아져야 했고 단천검법에 어울리는 내공과 심법을 부여해야만 했다.

그 문제에 대해서는 폐관 수련을 할 때 생각해 볼 계획이었다.

"무슨 생각을 하시나요?"

"잠시 본가 생각을 하고 있었습니다."

"저도 신룡회의 일원이 되었으니 말씀을 낮추세요. 이름만 올린 것이긴 하지만요."

"으음, 알겠소."

진천의 대답에 완벽히 만족하지는 못한 모양이었다.

황보미윤은 진천의 눈을 바라보았다. 무언가 굳은 결심을 한 모양이었다.

"가가라 불러도 될까요?"

진천은 의외의 말에 살짝 당황했다. 그녀가 그간 편해진 탓인지 그런 표정이 드러났다.

당황해하는 진천의 모습을 보며 그녀는 소리 내어 웃었다.

웃음소리가 희미해지고 잠시 침묵이 내려앉았다. 황보미윤의 얼굴은 모처럼 붉어져 있었다.

'나도 참 어리석군.'

아무런 이해관계 없이 같이 있을 수 있을 것이다.

희연이 살아 있음을 알게 되었기 때문인지 물러진 감이 있었다.

이 끝이 어떻게 될지는 모르지만 진천은 어떤 결과든 받아들이기로 했다.

현문대사의 얼굴이 생각났다. 지금 자신을 바라보는 스승님은 과연 어떤 표정을 하고 있을까?

'이 복수가 끝나고도 곁에 남아 있다면……'

진천이 고개를 끄덕이자 황보미윤이 환하게 웃었다.

"그럼, 가가. 밀린 이야기를 나눠도 될까요?"

"물론이오."

진천은 조금씩 생겨나는 감정을 숨기지 않은 채 그녀와 대화를 나눴다.

황보미윤은 그간 진천과 자신을 막고 있던 벽이 허물어진 것을 느끼자 굉장히 기뻐했다.

　진천도 오랜만에 마음의 휴식을 취할 수 있어 조금은 즐거웠다.

　하나 그것 역시 복수를 향한 좋은 원동력이 되어줄 것이다.

제7장
수라역천신공의 힘

　진천은 흑운을 통해 숙소에 있는 남궁세가의 식솔에게 고독을 심어놓았다.

　간단한 심부름을 하러 가는 하인을 납치하는 것은 일도 아니었다. 수족이 된 식솔은 남궁휘가 희연에게 붙여준 하녀로 앞으로 모든 것을 보고하게 될 것이다.

　마음 같아서는 흑영대라도 붙이고 싶었지만 상대는 천하의 남궁세가였다. 오히려 하녀와 하인 같은 식솔들을 장악하는 것이 더 효율적일 것이다.

　'그녀가 떳떳하게 살아갈 수 있는 세상……'

진천의 얼굴에 섬뜩한 미소가 걸렸다.

권모술수가 난무하는 무림이 없다면 평화롭게 살아갈 수 있을 것이다. 무림 자체가 없어진다면 말이다.

진천은 무림맹주가 기거하는 곳으로 향했다.

문 밖에서부터 무림맹주의 웃음소리가 들려왔다. 요즘 들어 곽하연과의 사이가 좋아졌기에 무림맹주는 굉장히 즐거워했다.

"즐거워 보이시는군요."

"어서 오게. 다 자네 덕분이지."

무림맹주는 서찰을 내려놓으며 진천을 맞이했다.

진천이 자리에 앉자 그가 직접 차를 내왔다. 무림맹주는 진천을 이제 친아들처럼 대하고 있었다.

딸과의 사이가 좋아지자 다른 고민이 생겼는데 그 고민은 바로 진천이었다.

"그래, 요즘 황보세가의 여식과 깊은 사이가 되었다지?"

황보미윤은 얼마 전에 세가로 돌아갔다. 그녀답지 않게 돌아가기 싫어 날짜를 최대한 미루기까지 했다.

황보대산의 배려로 오랫동안 남아 있을 수 있었지만 결국 돌아가야만 했다.

"이해하네. 하지만 하연이에게도 관심을 가져주게. 자네에게 푹 빠진 모양이야. 허허허, 아, 이 이야기는 비밀로 하세."

"알겠습니다."

진천이 웃으며 말하자 무림맹주도 흡족한 듯 고개를 끄덕였다.

"신룡회에 대한 보고는 신룡책사에게 받았네. 자네가 밤낮으로 일한 덕분에 정말 대단한 수준이 되었더군. 그 정도면 작은 또 하나의 무림맹이라 불러도 과언이 아닐세."

"모두 맹주님을 위해 쓰일 것입니다."

"허허, 나를 위해?"

"백도무림이 이렇게 평화로운 것은 무림맹 덕분입니다. 무림맹이 존재할 수 있는 이유는 바로 맹주님께서 계시기 때문입니다. 그러니 맹주님을 위하는 것이야말로 백도무림을 위하는 것이 아니겠습니까?"

"허허허허! 자네가 내 얼굴에 금칠을 하는군."

무림맹주가 크게 소리 내어 웃었다.

무림맹주의 귀에는 진천이 진심만을 담아 말하는 것처럼 들렸다. 그의 딸을 위해, 자신이 한 말을 지키기 위해 목숨까지 버리려 한 진천이었다. 그를 결코 의심할 수가 없었다.

'정말 홍복이로군. 하연이에게 너무나 어울려.'

무림맹주는 다시 한 번 고개를 끄덕이며 웃었다. 딸과 사이가 좋아진 것도 다 진천 덕분이었다.

살영은 진천이 하연이 아버지에게 가지고 있던 미움을 없애

주었다고 말했다. 무림맹주가 그녀를 얼마나 사랑하고 있는지 알려주었다고 한다.

무림맹주가 은밀하게 진천과 이어주려고 하자 그것을 눈치챈 곽하연이 수줍은 표정으로 고맙다고 말했다. 그때 세상 모든 것을 다 가진 것같이 기뻐한 무림맹주였다.

게다가 요즘 들어 하연과 담소하는 시간이 길어지니 이보다 더 좋을 수는 없었다.

'영웅에게는 많은 여자가 따르는 법이지. 마음고생이 많을 게야. 이 아비가 도와주마.'

무림맹주는 진천을 바라보며 그렇게 생각했다. 약간의 담소를 더 나누고 진천은 본격적으로 용건을 밝히기 시작했다.

"신룡회도 잘 정비되었으니 폐관 수련에 들어갈까 합니다."

"폐관 수련이라… 깨달은 바가 있는 모양이군."

"맹주님께서 베풀어주신 가르침 덕분입니다."

"허허, 답을 찾은 자네의 공덕일세."

무림맹주는 잠시 무언가 생각하는 듯하다가 입을 떼었다.

"백선동(百善洞)을 열어주도록 하겠네."

"백선동이라 하시면……?"

"백도무림의 비급이 보관되어 있는 곳일세. 영약과 벽곡단도 충분히 마련되어 있지."

"그 귀한 곳에 제가 어찌 감히 들어갈 수 있겠습니까?"

무림맹주는 진천의 말에 고개를 저었다.

"자네는 신룡회의 회주네. 충분히 그 자격이 되니 그런 소리 말게나. 자네의 황금 패를 제시하면 언제든 들어갈 수 있을 것이네."

"감사드립니다."

진천이 고개를 숙여 감사를 표했다.

'백선동이라······.'

무림맹이 모은 각종 비급과 진귀한 영약이 있는 곳이었다.

무림맹주만이 들어갈 수 있는 천선동에 비하면 부족하지만 무림인들 누구나 탐내는 곳이었다. 이는 대단한 기연이 틀림없었다.

사파의 무공에 대해서는 상당한 깨달음을 얻은 진천이었지만 정파의 무공에는 부족한 부분이 많이 있었다. 더 높은 경지에 오르는 실마리와 흑운에게 정순한 내공을 쓸 수 있게 하는 방법을 찾을 수 있을 지도 몰랐다.

'그렇게 된다면 흑운뿐만 아니라 다른 흑풍, 흑화, 흑천의 움직임도 자유로워지겠지.'

진천은 지금 역천과 순리를 하나로 묶으려 하고 있었다. 그것은 분명 누구도 알 수 없는 위대한 업보일 것이다.

"그럼 물러나 보겠습니다."

진천은 조용히 문을 닫고 밖으로 나왔다.

백선동은 무림맹의 중심부, 지하 깊은 곳에 위치해 있었다. 진천이 폐관 수련에 들어간다면 제갈소현과 신룡회 휘하의 단장들이 신룡회를 이끌어 갈 것이다.

　중요한 일은 진천이 나올 때까지 미루어 놓거나 무림맹주에게 직접 올라가도록 해놓았으니 별문제가 없을 것이다.

　진천은 폐관 수련을 준비하기 위해 신룡전으로 들어갔다.

　신룡전의 앞에는 커다란 비무장이 마련되어 있었는데 그곳에서 많은 젊은 무림인이 진지하게 수련에 임하고 있었다.

　신룡전에 들어올 때면 소속 문파와 상관없이 모두 동등한 자격에서부터 출발한다는 것이 바로 진천의 정책이었다.

　신룡회 내부에 마련된 주요 위치는 모두 실력에 의해서 갈리게 되었다.

　그 결과 모든이에게 동등한 기회가 주어졌다. 얼마 후에 있을 비무에서 순위에 따라 원하는 자리에 배정받을 수 있었다.

　신룡회 휘하에는 5개의 단이 있었는데 수룡단, 풍룡단, 화룡단 그리고 지룡단이었다. 그리고 그 위에 진천의 직할부대인 천룡단이 존재했다.

　천룡단의 단장 겸 책사인 제갈소현과 각 단주들이 모여 중요 정책을 결정했다. 물론 그것을 결정하는 것은 진천이었고 결정된 정책을 최종 검토 후 통과시키는 것이 바로 무림맹주였다.

진천에게 막대한 권력이 집중된 것 같지만 실상은 무림맹주의 권한이 더 커진 셈이었다.

　진천이 집무실에 도착하자 제갈소현이 들어왔다.

　"회주님."

　"천룡 단주, 무슨 일이지?"

　"빠뜨린 사안이 있습니다. 회주님께서 신룡 비무 심사 전에 폐관 수련에서 나오실 수 있다면 상관없겠지만 아무래도 확실하게 하는 것이 좋을 것 같아서요."

　"그렇군."

　진천은 제갈소현과 한동안 이야기를 나누었다. 세부적인 내용까지 정해지자 제갈소현은 한시름 놓았다는 표정을 지었다.

　그러나 그녀의 표정은 밝지 않았다. 초조함이 느껴졌다.

　"몸이 좀 안 좋아 보이는군. 오늘은 그만 돌아가 쉬도록 하게."

　"회주님께서는 제가 밉지 않으십니까? 왜 이리 잘해주시는 건가요?"

　"뭐가 말인가?"

　제갈소현은 잠시 망설이다 입을 떼었다.

　"과거에 있었던 일… 그건 회주님의 잘못이 아니라는 것… 알고 계시지 않습니까. 저는 누명을 씌우고 단문세가를 기울게 하고 또 회주님을……."

"그랬던가?"

진천은 아무렇지도 않게 대답하며 제갈소현을 바라보았다.

제갈소현은 진천의 그런 대답에 고개를 숙였다.

단진천의 과거에 그녀와 무슨 일이 있었는지는 모르지만 제갈소현이 자신의 이득을 위해 무슨 짓을 벌인 것은 분명했다.

하나 상관없는 일이었다. 그건 진천이 겪은 일이 아니었고 이미 현재 시점에 어떤 영향도 미치지 않는 사소한 일이었다.

그녀의 머릿속에 있는 작은 고독은 현재 잠을 자고 있는 중이었다.

제갈세가에 관한 것을 발설할 수 없었다.

제갈남진이 어설픈 탓인지, 아니면 제갈소현이 어떤 수를 쓴 것인지 제갈남진의 명령이 먹히지 않고 있었다. 정말이지 머리가 좋은 여인이었다.

그런 제갈소현이 이런 감정적인 말을 해온다는 것은 상당히 흥미로웠다. 과거에 대한 뉘우침이 있는 걸까?

현문대사는 뉘우치는 자에게 손을 내밀라고 말했다.

"회주님께서 깨어나셨을 때… 과도한 채무를 뒤집어씌우면 저와 협상을 할 줄 알았습니다. 빚을 갚으셨을 땐 모든 일을 폭로하실 줄 알았습니다. 그런데 어느 하나 제 예상대로 흘러가는 것이 없었네요."

제갈소현이 자신에게 과도한 행동을 한 것이 이해가 되었다.

"이제 잊었으니 신경 쓸 필요 없어."

"어떻게 그리 간단히……!"

"천룡 단주, 넌 내 부하다. 부하의 잘못은 상관의 잘못이기도 하지. 이제 쌍방과실인 셈인가?"

"그건 궤변입니다."

진천은 피식하고 웃었다.

제갈소현의 눈에는 눈물이 맺혀 있었다.

제갈소현은 정중히 고개를 숙였다. 제갈소현은 진심을 담아 용서를 구했다.

"죄송합니다. 제가 잘못했어요. 모든 일의 전모를 밝히겠습니다. 그렇게 한다면 회주님의 유일한 흠이라 할 수 있는 과거를……."

"과거가 있기에 지금의 내가 있는 거지. 그리고 그런 사소한 일로 책사를 그만두려는 생각인가?"

진천이 자리에서 일어나 제갈소현에게 손을 뻗었다.

"날 위해 일해줘."

"회주님……."

제갈소현이 울음을 참으며 진천의 손을 잡았다.

진천은 부드럽게 웃고 있을 뿐이었다. 제갈소현은 감정을 추스르고 다시 평소의 표정으로 돌아왔다.

"회주님, 폐관 수련 준비를 거들겠습니다."

"아니, 돌아가서 쉬도록 해."

"돕게 해주십시오."

그녀의 말에 진천은 잠시 침묵을 지키다가 고개를 끄덕였다.

제갈소현은 특기를 발휘해 하나에서 열까지 전부 준비했다. 덕분에 진천은 비교적 빨리 준비를 마칠 수 있었다.

백선동을 향하는 길에 제갈소현이 뒤따랐다.

"오라버니!"

무림맹주에게 개인 지도를 받고 온 하연이 진천에게 경공을 써 달려왔다. 지붕 위에서 가볍게 착지해 진천의 앞에 섰다.

"곽 소저, 무림맹에서는 경공이 금지되어 있습니다."

"그랬나요?"

"심사 항목에 반영하겠습니다."

제갈소현의 간간한 말에 곽하연의 눈이 찌푸려졌다. 하지만 별다른 반항은 할 수 없었다.

신룡단에서는 무림맹주의 딸이라는 것이 먹히지 않았다. 무림맹주가 직접 허가한 일이었다. 게다가 진천의 앞에서는 더더욱 그걸 내세우기 싫었다.

"방금 것은 내가 빨리 오라고 불렀으니 내 잘못이야."

"…알겠습니다. 이번 일은 그냥 넘어가도록 하지요."

진천이 곽하연을 바라보자 곽하연은 반짝이는 눈동자로 진천을 바라보았다.

제갈소현은 그 모습을 보고는 한숨을 내쉬었다.

"회주님께서는 너무 무르시군요."

"그래서 천룡 단주를 책사로 임명한 것이지."

"기대에 부흥하도록 하겠습니다."

제갈소현의 대답에는 기쁨이라는 감정이 담겨 있었다.

진천이 다시 걸음을 옮기자 제갈소현과 곽하연이 나란히 서서 따라왔다. 백선동을 지키는 무림맹의 무사들이 알아서 자리를 비켜주었다. 혹여라도 진천에게 잘못 보여 찍히게 된다면 출셋길이 막힐 수도 있었기 때문이었다.

진천은 지하로 통하는 문 앞에서 멈춰 서 제갈소현과 곽하연을 바라보고 인사를 나누고는 백선동 안으로 들어갔다.

백선동 안으로 들어가자 주변에서 꽂히던 시선들이 사라졌다.

'무림맹의 심장부라 그런지 시선이 많군.'

모두 무림맹주의 직속 수하들일 것이다.

무림맹에는 드러나지 않는 어둠이 많았다. 그랬기에 마교와 결탁하여 사파연맹을 박살 낼 수 있었던 것이다.

백선동은 거대한 수련장이었다. 단순한 수련장과는 달리 여러 편의 시설이 마련되어 있었다.

몸을 씻을 수 있는 공간도 있었다.

천장에서 흘러나오는 물이 폭포를 만들며 흐르고 있었고 비급별로 나누어진 서재가 존재했다. 영약이나 보물 창고는 그 크기가 무척이나 거대했다.

"과연 무림맹이군."

이쯤 되면 오히려 숙소보다 훨씬 좋은 환경이었다.

진천이 들어서자 백선동이 닫히며 완전히 봉쇄되었다. 진천이 열지 않는 이상 외부에서는 열 방도가 없었다.

감시의 시선도 완전히 사라져 진천은 간만에 본래의 표정을 지을 수 있었다.

'무림맹주의 경지를 당장 따라잡을 수 있을 거라는 생각은 하지 않아.'

아무리 진천이라고 해도 그것은 무리였다.

진천의 목표는 그 발판을 마련하는 것이었다. 이곳에는, 연구 가치가 높은 아주 많은 비급이 있었다. 이 비급들이 진천의 수라역천신공을 더욱 완벽하게 다듬어 줄 것이다.

'일단 암기해 놓아야겠군.'

한 번 본 것을 절대 잊어버리지 않는 진천이었기에 이해하지 않고 그저 외우기만 한다면 빠른 시간 내에 모두 읽을 수 있을 것이다.

훑어보는 것만으로도 머릿속에 모두 저장되니 속독이 가능
했다.

육체의 수련은 더 이상 의미가 없었다.

지금의 경지에서는 무공에 대한 깨달음과 본질적인 이해가
필요했다.

"그럼······."

진천은 검법부터 훑어보기 시작했다.

*   *   *

진천은 쉬지 않고 계속해서 비급을 읽어나갔다. 반복적인
행위가 질릴 만도 했지만 오히려 묘하게 중독되어 갔다.

그저 머릿속에만 저장되고 있던 각종 초식들이 점차 뚜렷
해지며 서로 얽혀 춤을 추기 시작했다.

진천은 그것을 막지 않았다. 보통이라면 주화입마의 징후라
여겨 가부좌를 틀고 안정시켜야 했다.

하지만 진천은 계속해서 비급을 읽어갈 뿐이었다.

그는 주화입마를 걱정할 필요가 없었기 때문이다. 주화입
마 마저도 사혼단이 품은 역천의 한 갈래였다.

진천은 마지막 비급을 내려놓았다. 검법으로 시작하여 백
선동에 존재하는 모든 비급을 머릿속에 넣어놓았다.

'이제 내 것으로 만들 차례군.'

진천은 조용히 가부좌를 틀었다.

머릿속에서 수많은 무공이 펼쳐지며 수라역천신공에 대항하고 있었다.

비급은 하나의 완벽한 무인이 되어 진천을 공격했다. 수천이 넘는 무인이 진천을 둘러싸고 절기를 펼쳤다.

수라역천신공을 펼치고 있는 진천이라고 해도 수천에 이르는 공세를 모두 방어해 낼 수 없었다. 찢겨지고 잘려 나가고 계속해서 죽어갔다.

심상에서 죽는다는 것은 정신적으로 큰 타격을 의미했지만 진천에게는 별 영향이 없었다.

그는 이미 실제로 죽음을 경험했기 때문이다.

진천은 계속해서 살아나 끊임없이 싸웠다. 수천의 고수가 진천의 육체를 찢어버리고 갈라 버렸지만 진천은 계속해서 다시 일어났다.

그렇게 시간이 흘러갔다. 하루 이틀, 보름이 지나자 날짜를 세는 것을 관두었다.

'몇 번째 죽은 건지도 모르겠군.'

낙담하지는 않았다. 계속해서 싸우다 보면 언젠가는 이겨낼 수 있을 거라는 확신이 있었다.

하나 그때가 오기까지는 대단히 많은 시일이 걸릴 것이다.

권강과 검강이 그의 육체를 갈라 버리고 강기 다발이 떨어져 내렸다. 진천은 다시 살아나 수천의 고수를 바라보았다.

문득 그 공세에는 어떤 흐름이 존재함을 깨달았다.

수천의 고수가 동시에 덤빈다고 하더라도 진천에게 도달할 수 있는 공격은 한계가 존재했다. 그리고 그것에서 규칙적인 흐름이 발생할 수밖에 없었다.

백도무림의 무공은 서로 각기 다른 듯했지만 내포하는 뜻은 상이했다.

결국 큰 흐름, 큰 줄기만 알아낸다면 대응법을 찾을 수 있을 것 같았다.

그것을 깨달은 순간 진천은 싸우는 것을 그만두었다. 그리고 계속해서 지켜보기 시작했다.

고수들의 절기들이 몸에 작렬하고 죽음의 횟수가 급격하게 불어났지만 진천은 그저 공격을 바라볼 뿐이었다.

온몸이 박살 나는 고통은 오히려 진천의 정신을 맑게 했다. 그리고 더욱 집중할 수 있게 해주었다.

실제가 아닌 심상에서의 수련에서는 고통은 결코 무뎌지지 않았다. 그가 알고 있는 극한의 고통까지 계속해서 이르렀다.

'조금씩 보이는군.'

흐름이 조금씩 눈에 들어왔다.

그것만으로도 대단한 발전이었다. 수천의 비급을 하나로 묶는 큰 줄기를 발견한 것이었으니 말이다. 이제는 그 줄기를 이해하고 나아가면 된다.

더 이상 지켜보는 것은 무의미했다.

진천은 공격을 피하기 시작했다. 오로지 공격을 느끼며 피하는 것에만 몰두했다. 한 호흡조차 버티지 못했지만 점차 상황이 나아지기 시작했다.

한 호흡이 두 호흡이 되고 세 호흡을 넘어섰다. 점차 버티는 시간이 늘어나며 일각에 이르는 순간 진천의 움직임이 눈에 띄게 부드러워졌다.

'그렇군. 어차피 사람이 쓰는 무공이다.'

사람의 신체를 이해하는 순간 가느다란 줄기가 보였다.

일각에서 반시진으로 늘어났다. 죽음의 횟수가 눈에 띄게 줄어들며 몸을 도배한 상처들도 점차 줄어들었다. 진천은 바람에 흔들리는 갈대처럼 움직였다.

반나절을 버텼다. 그 정도면 충분했다.

진천이 피할 수 없는 절기는 그조차 제대로 다루지 못하는 이기어검의 수법이었다.

그것을 피하기 위해서는 마음을 이해해야 했다.

사람의 마음.

이기어검이란 그것이 검이 되어 휘둘러지는 것이기 때문이다.

사람의 마음을 정확히 알고 이해해야만 마음으로 검을 움직이는 이기어검을 넘어 심즉살의 경지에 도달할 수 있었다.

　진천에게는 너무나 어려운 일이었다. 그의 감정은 죽음을 겪으면서 메말라 버렸기 때문이다. 오로지 분노와 증오만이 그를 지탱하고 있었다.

　타앗!!

　진천을 찢어발길 기세로 쏟아져 내리던 각 무공의 절기들이 모두 멈췄다.

　진천은 긴 호흡을 내뱉으며 눈을 떴다. 커다란 벽이 느껴졌다. 더 이상의 수행은 의미가 없음을 깨달았다.

　'마음이라… 마음.'

　진천은 고개를 저으며 자리에서 일어났다. 보통 사람과 같이 감정을 느끼기에는 너무 많이 와버렸다. 너무 많은 것을 겪었다. 사혼단을 받아들이면서 그는 마음이란 것을 포기한 것인지도 몰랐다.

　'그저 막대한 사기로 눌러 버릴 수밖에 없는 건가?'

　그것이야말로 역천이라는 이름에 어울렸다. 사혼단을 이용한다면 못할 것도 아니다. 하지만 그렇게 된다면 혼기는 포기해야 했다. 사기만으로 날뛰는 악귀가 되어야 했다.

　"복잡하군."

　진천은 그렇게 생각하며 피식 웃었다. 지금까지 별다른 무리 없이 경지를 계속 올려왔기에 앞에 있는 벽이 더욱 크게 느껴졌다.

진천은 흐르는 물줄기를 바라보다가 욕실로 걸음을 옮겼다.

깨끗한 물이 돌로 만들어진 욕조에 담겨 있었다. 흐르는 물은 계속해서 욕조에 담기고 바닥에 나 있는 수로를 통해 빠져나갔다.

물은 약수였다. 내공증진에 효과가 있어 보였다. 물조차 이런 영약이니 무림맹의 권세가 어느 정도인지 알 만했다.

진천은 차가운 물의 감각을 느끼며 큰 욕조에 들어가 앉았다.

몸을 씻는 것은 아니었다. 그에게 노폐물이란 존재하지 않았다. 그저 머리를 식히기 위함이었다.

물이 머리끝까지 잠겼다.

진천이 느낀 것은 평온함이었다.

'그러고 보니… 어렸을 적에 자주 물놀이를 했었지.'

숭산을 뛰어놀며 폭포 밑 계곡에서 더위를 식혔다.

희연과 함께 물놀이를 하고 현문대사가 자신과 희연을 흐뭇하게 바라보는 모습이 기억났다. 그때는 아무런 근심과 걱정 없이 즐거웠다.

희연이를 떠올려 보았다.

그가 진천으로 태어난 날부터 희연이를 떠올리면 극심한 분노와 증오가 그의 몸을 휘감았었다. 그러나 그녀가 살아 있는 걸 알게 된 지금은 다른 감정을 느낄 수 있게 되었다.

그날의 일이 떠올랐다. 희연이가 살아 있음을 알게 된 그날. 자신은 분명 기뻐하고 있었다.

희연이가 살아 있어서 너무나 기뻤다.

진천은 물속에서 나오지 않았다.

그의 마음을 꽉 잡고 있는 사혼단이 진천의 마음을 침식하려 했다. 너에게는 그 감정을 느낄 자격이 없다며 계속해서 진천을 끌어내리려 했다.

현문대사와 희연이 멀어져 가는 것을 느꼈다. 진천은 차분하게 어렸을 때부터 지금까지의 기억을 떠올려 보았다.

괴로움과 고통이 가득했지만 분명 그 안에 따스함이 존재했다. 그것은 거짓된 것이 아닌 그가 직접 느끼고 경험했던 감정이었다.

수라역천신공이 운용되며 혼기가 혈맥을 따라 질주했다.

사기를 뿜어대던 사혼단이 부르르 떨며 점차 멀어져 갔다. 혼기는 그대로 사혼단을 향해 진격했다. 사혼단이 사기를 내뿜어 방어하려고 했지만 혼기를 억누를 수는 없었다.

'내 감정은 내 것이다.'

사혼단 따위가 통제할 수 있는 것이 아니었다.

진천의 혼기가 사혼단을 둘러쌌다. 사혼단은 끝까지 반항했다. 막대한 양의 사기를 내뿜으며 혼기를 거스르려했다.

진천의 혈맥이 미친 듯이 부풀었지만 진천은 평온한 표정이었다.

진천의 수라역천신공에 대한 이해가 점차 확장되기 시작했다.

두우우!

수면에 파문이 생겼다. 물방울이 한두 방울씩 공중으로 떠오르기 시작했다. 그러다가 물줄기가 되어 회오리쳤다.

물줄기는 수라역천신공에 반응하여 기묘한 모양으로 변해갔다.

진천의 몸이 천천히 떠오르더니 수면 위에 이르렀다.

사혼단에서 막대한 양의 사기가 계속해서 뿜어져 나왔다. 주변을 모두 검게 물들일 기세였다.

그러나 진천의 주위에 떠있던 물줄기가 사기를 제압했다. 물줄기에는 수라역천신공의 묘리와 혼기가 스며들어 가 있었다.

마치 사기를 정화하듯 그렇게 둘러싸고는 격렬하게 진천의 주위를 떠다녔다.

'나를 지배하게 두지 않는다. 오롯이 나만이 나를 지배한다.'

사혼단의 중심부에 혼기가 스며들었다. 그러자 사기가 급속도로 사라지며 막대한 양의 혼기로 바뀌기 시작했다.

그 순간 진천의 육체가 갈라지기 시작했다. 사기로 이루어져 있던 육체가 황금빛으로 물들며 충만한 혼기로 재구성되고 있는 것이다.

순리와 역천을 모두 포용할 수 있는 육체가 지금 이곳에서 탄생하고 있었다.

진천의 뼈와 근육들이 혼기로 재구성되었고 검게 타버린 피부 역시 재생되기 시작했다.

타앗!

진천의 눈이 떠지는 순간 대기가 진동했다. 주위에 뿜어져 나와 있던 기운이 모두 진천에게 빨려 들어갔다.

진천은 조용히 몸을 일으켰다.

진천의 몸은 물에 가라앉지 않았다. 잔잔한 수면 위에 서 있을 뿐이었다.

'수라역천신공이 9성에 도달했군.'

진천은 물 위를 걸어 욕조 밖으로 나왔다. 사혼단은 이제 그 모습이 완전히 바뀌어 있었다. 혼기로 이루어진 방대한 혼기를 품은 내단이 되어 있었다. 너무나 거대한 힘이라 그 끝을 감히 짐작조차 할 수 없을 정도였다.

'이제는 사혼단이 아니라 혼천단이다.'

혼천단은 진천의 의지에 반응하여 진천에게 막대한 혼기를 전해주었다. 혼기가 단전을 가득 채우고 세맥에까지 퍼져 나갔다.

진천은 이제 어떤 경우라도 내력이 부족하지 않을 것이다. 무한에 가까운 기운을 얻은 것이다.

손을 들어보았다. 황금색 수강이 진천의 손에 맺혔다.

진천의 의지대로 황금색 수강은 자유자재로 그 성질이 바뀌어갔다.

아주 지독한 사기에서 사파들이 쓸 법한 탁기, 그리고 소림의 고승들이 지닌 정순한 정기까지 모든 것으로 변할 수 있었다.

순리와 역천을 모두 포함한 전무후무한 합일이 이루어진 것이다. 사법 역시 완벽하게 진천의 지배를 받게 되었다.

'마음이라……'

수라역천신공만이 진보된 것이 아니었다. 그동안 죽어 있던 진천의 감정이 되살아난 것이다.

모든 것이 생생하게 느껴져 마치 다시 살아난 것 같은 기분이 들었다. 이것이 복수를 하는데 득이 될지 독이 될지 예측할 수는 없지만 지금 당장은 다시 찾아온 마음을 환영해 주었다.

진천은 가지고 온 깨끗한 무복으로 갈아입고는 다시 가부좌를 틀었다.

이제는 피하는 것뿐만 아니라 대적하는 것을 목표로 할 차례였다.

*　　　　*　　　　*

시간이 빠르게 흘러갔다.

수라역천신공이 9성에 달한 이후 심상 수련은 큰 진보를 맞이하게 되었다.

진천은 수천의 고수가 쓰는 절기를 상처 없이 모두 피해냈다. 이기어검의 수법으로 검을 날리기도 했지만 그것마저 피할 수 있었다.

정파의 무공을 일맥상통하는 흐름을 모두 이해한 순간 그때부터 진천은 반격을 개시했다.

진천은 수라검법을 펼치며 고수들을 상대했다.

고수들의 숫자가 하나둘씩 줄어들었지만 진천이 죽음을 겪고 다시 일어나면 그들도 다시 살아났다. 영원히 끝나지 않을 것 같은 싸움이 계속 이어지고 있는 것이다.

하지만 진천은 웃고 있었다. 되살아난 감정이 진천에게 전해준 것은 즐거움이었다. 그리고 호승심이었다.

'닿았다.'

검수 하나가 박살 나며 사라졌다. 그와 동시에 죽음을 맞이하기는 했지만 고통보다는 상대를 이겼다는 쾌감이 더욱 컸다.

'모두 내 것으로 만들어야 한다. 그래야 파훼법을 찾아 이길 수 있어.'

진천은 비급의 구절들을 떠올리며 고수들을 상대해 나갔다. 그들의 초식, 절기 하나하나를 모두 따라하며 수많은 죽음을 겪었다.

처음에는 쉽지 않았다. 초식이 꼬여 제대로 펼쳐지지 못했고 오히려 실력이 퇴보하는 것 같았다. 하지만 초식을 정복하고 절기의 묘리를 깨닫는 순간 새로운 길이 열렸다.

각 무공들은 다른 것 같았지만 결국 하나로 귀결되었다. 복잡한 줄기로 얽혀 있지만 결국 그 뿌리는 하나로 이어졌다.

만류귀종이라는 말이 지닌 진정한 의미를 수많은 죽음 끝에 깨달을 수 있었다.

그때부터 진천은 자신의 무공을 발전시켜 나가기 시작했다. 수천의 비급을 보며 깨달은 묘리들을 수라역천신공에 섞었다.

수라역천신공의 진정한 목표는 바로 혼천이었다. 혼기로 이루어진 천하를 몸에 담는 것이었다.

그것은 세상의 모든 것을 담을 수 있고 세상의 모든 것을 파괴할 수 있는 가장 지고한 경지였다.

진천은 비급의 묘리들을 한데 묶어 품었다.

수라검법은 혼천의 묘리를 내포한 세상에 있을 수 없는 검법으로 나아갔고 수라보법은 천하의 신법이 되었으며 수라권법은 순리와 역천을 깨뜨리는 가장 파괴적인 권법으로 재탄생되었다.

'내가 이긴다.'

진천은 고수들 앞에 섰다. 고수들은 저마다 자신의 절기들을 발산하며 진천을 찢어버릴 기세로 달려들었다.

진천은 그들을 바라보며 검을 들었다.

진천은 치열하게 싸웠다. 수천의 고수를 맞이해 한 치의 물러섬도 없이 대등하게 싸워갔다.

하루가 흐르고 이틀이 지났다. 삼일이 흐르는 시점에서 상승 경지를 지닌 고수들만 남았다.

진정한 싸움은 그때부터였다. 진천이 알고 있는 모든 진법을 이용해 그들은 진천을 상대했다.

진천이 이해한 최고의 초식으로 진천을 압박했다. 그들은 진천의 무공을 모두 알고 있었다. 진천의 상상속의 인물들이기 때문이다.

무공에 대한 이해가 높아질수록 그들도 강해졌다.

그들은 집요하게 진천의 무공에 존재하는 틈을 노려왔다. 진천의 무공은 점차 단점이 사라지고 완전에 가깝게 완성되어

갔다.

보름이 지날 때에는 이제 10명밖에 남지 않게 되었다. 무림 맹주보다 몇 수 떨어지는 실력을 지녔지만 현경의 끝자락에 머문 고수였다.

진천은 수라역천신공을 전력으로 전개하며 그들을 맞이했다. 진천의 주변으로 황금빛 호신강기가 넘실거렸다.

진천의 검이 들려졌다.

10명의 고수는 이기어검과 그에 상응하는 무공을 펼치며 진천에게 달려들었다. 저들을 꺾기 위해서는 그보다 더 위력적인 묘리가 필요했다.

진천은 현경을 넘어섰다. 순리를 따르는 경지와는 다른 방향으로 나아갔다.

진천이 닿은 경지는 순리와 역천이 혼합된 새로운 경지인 혼천의 경지였다.

그 뜻을 검에 담는 것은 아직은 어려운 일이었다.

수라검법에는 혼천의 묘리가 담기게 되었지만 그것을 제대로 펼치기는 힘들었다. 이제 막 혼천의 경지를 개척했을 뿐이니 말이다.

하지만 지금 저 고수들을 꺾기 위해서는 해야 했다.

'혼천을 담은 검······.'

단순히 혼기를 담는 것이 아니었다. 순리와 역행이 가진 의미를 한 초식에 담아 구현하는 것이었다.

진천은 오랫동안 그 자리에 서 있었다. 온몸이 난자되고 잘려 나갔지만 검을 든 채로 계속 서 있었다.

점차 고통조차 느낄 수 없는 무아지경으로 빠져들었다.

진천은 순리와 역행을 모두 경험한 유일한 인간이었다.

그의 삶, 그의 경험에서 얻은 깨달음, 그 모든 것이 검에 담겨가고 있었다. 그리고 앞으로 나아갈 곳을 정했다.

수라검법(修羅劍法) 혼천지검(混天之劍).

진천의 검이 움직였다.

번쩍하는 섬광과 함께 10명의 고수가 그 자리에 쓰러졌다. 절단 난 육체가 먼지가 되어 휘날렸고 진천은 그것을 바라보며 조용히 검을 내렸다.

상당한 심력을 소모해 그의 심상도 온전히 유지되지 않았다.

진천이 눈을 떴다.

황금빛 안광이 폭사되다가 조용히 갈무리되었다.

"혼천의 검이라… 그 너머엔 무엇이 있을지 궁금하군."

진천은 넘실거리는 혼기를 가라앉히며 걸음을 옮겼다.

혼천의 검을 완벽하게 다룰 수 있게 된다면 무림맹주의 심즉살의 검을 누르고 그를 죽일 수 있을 것이다.

'무림맹주만 죽어서는 안 돼.'

무림맹과 마교, 더 나아가 무림의 완벽한 몰락을 이루어야
했다.

무림이 존재하는 한 제2의 무림맹은 등장하게 마련이니 말
이다.

제8장
흑혼단(黑混丹)

　모든 비급들의 정수들을 긁어모아 그의 것으로 만들었으니 더 이상 이곳에서 얻어갈 심득은 존재하지 않았다.

　진천은 비급이 꽂혀 있는 서재에서 나와 각종 영약이 보관되어 있는 영약 창고로 걸음을 옮겼다.

　값비싼 영약들이지만 무림맹에게 크게 부담이 되지 않는 것들이었다. 진짜배기는 무림맹주가 따로 보관하고 있었기 때문이다. 이곳에 있는 모든 것을 사용한다고 해도 무림맹주는 전혀 아까워하지 않을 것이다.

　'이것들 중에 하나만 팔아도 과거의 내 전재산보다 많겠군.'

그런 영약들이 수도 없이 널려 있었다. 욕심이 나지는 않았다.

진천에게 영약은 쓸모없었다. 천하의 보물이라 할지라도 그어떤 영약보다도 뛰어난 혼천단을 결코 따라올 수 없었다.

진천은 영약들을 보며 흑운의 사기를 혼기로 바꿀 방법을 떠올렸다. 결코 혼천단에 비할 수는 없지만 혼기를 머금은 내단을 주입한다면 사기는 자연스럽게 혼기로 바뀔 것이다.

그렇게 된다면 사기의 존재를 들킬 염려는 없었고 오히려 어느 정파보다 더욱 정순한 기운을 발산할 수 있게 될 것이다.

진천은 가장 떨어지는 내단을 손에 들었다.

창고의 한편에 수북하게 쌓여 있는 것이었다. 명문세가라면 쉽게 구입할 수 있는 내단이었는데 내공증진보다는 내상과 피를 맑게 해주는 효과를 가지고 있는 하청단(下淸丹)이었다.

과거에 진천이 판 약초들이 대부분 하청단을 만드는데 쓰였다. 진천은 하청단을 손에 들고는 혼기를 일으켰다. 혼천의 묘리를 따라 혼기가 하청단에 깃들기 시작했다.

하얀색이었던 하청단이 점차 황금빛으로 변하기 시작했다. 진천의 막대한 혼기가 하청단으로 집중되어 가고 있는 것이다.

진천은 혼기를 응집시키는 데만 꼬박 하루를 소모했다. 상당한 심력을 써야만 했다.

"후우……."

진천이 숨을 내쉬자 주변으로 뿜어져 나갔던 혼기가 모조리 하청단으로 갈무리되었다. 진천은 하청단을 바라보았다. 황금빛을 뿜어내며 손바닥 위에 떠 있었다.

"완성이군."

진천은 완성된 내단을 흑혼단이라 이름 붙였다. 찬란한 황금빛을 띠고 있었지만 흑운에게 주기 위한 내단이었으니 흑혼단이라 이름 붙인 것이다. 흑운뿐만 아니라 흑풍, 흑천, 흑화에게도 복용시킬 계획이었다.

'흑운, 흑풍, 흑천, 흑화.'

그 넷을 하나로 묶는 이름이 정해졌다.

바로 사혼흑수(四混黑手)였다.

진천은 총 4개의 흑혼단을 만들었다. 그것을 모두 만드는 데 사흘을 꼬박 소비해야만 했다. 흑혼단을 받아들일 수 있는 자들은 사혼흑수 정도일 것이다.

흑영대는 그 경지가 낮아 오히려 몸이 터져 버리거나 흑혼단에 잡아먹힐 염려가 있었다.

흑혼단은 순리와 역천을 모두 가진 하나의 생명체라 봐도 무방했다.

사혼흑수도 흑혼단을 이겨내는데 꽤나 애를 먹을 것이다.

진천은 4개의 흑혼단을 하얀 천에 잘 봉인하고는 등을 돌렸다.

이제 이곳에서 얻을 것은 아무것도 없었다. 진천은 천천히 걸어 백선동을 빠져나갔다.

그의 걸음은 여유로웠다. 혼천의 경지에 이르렀기에 무림맹주조차 진천의 속을 들여다 볼 수 없을 것이다. 그저 적당히 꾸며낸 것들을 보여준다면 속아 넘어갈 수밖에 없었다.

무림맹 곳곳에 숨어 있는 무림맹주의 수족들이 느껴졌다. 무림맹주의 수족답게 대단한 수준을 자랑했다.

"좋은 공기군."

백선동도 환기가 되기는 했지만 이처럼 맑은 공기를 마실 수는 없었다.

그는 숨을 크게 들이마셨다. 맑은 공기가 그의 폐부 깊은 곳까지 스며들었다. 즐거운 감정이 생겨났다.

그의 입가에는 전에는 볼 수 없었던 진정한 미소가 그려져 있었다.

진천이 백선동에서 나오자 백선동을 지키고 있던 무림맹의 무사들이 진천에게 고개 숙여 인사했다.

그들은 무림맹의 호위를 맡고 있는 맹위단의 중급 무사였다. 신룡회의 회주인 진천보다는 아득히 밑이었다.

보통 항렬로 위와 아래를 나누지만 무림맹에서는 철저한 등

급제였다. 때문에 신룡회주인 진천에게 먼저 고개를 숙여 인사를 한 것이다.

진천은 정중하게 인사를 받아주었다. 진천은 하급 무사부터 원로들에게까지 인정을 받고 있었다.

함부로 상대를 대하는 법이 없고 윗사람에게 과하지 않게 비위를 맞추었다. 비위라고는 하지만 비굴함은 느껴지지 않았고 오히려 사내다운 기개가 가득했다.

진천은 신룡전을 향해 걸었다.

"회주님!"

"회주님, 나오셨습니까!"

신룡회의 무사들이 진천에게 인사했다. 진천이 인사를 받아주고 신룡전에 들어가려 할 때였다.

"회주님!"

제갈소현의 목소리가 들려왔다. 제갈소현은 빠른 걸음으로 다가와 진천의 앞에 섰다. 무림맹 안에서는 경공과 달리는 것이 금지되었기에 빠른 걸음으로 올 수 밖에 없었다.

제갈소현의 안색은 전보다 좋아 보였다.

"천룡 단주, 오랜만이군."

"예정보다 늦게 나오셨군요."

"그런가?"

진천의 대답에 제갈소현은 짤막한 한숨을 내쉬었다.

"신룡회의 모든 행사가 보름 전에 마무리되었습니다. 각 등급별로 인사 배정이 완료되어 맹주님의 윤허를 기다리는 중입니다."

"수고했군."

진천이 제갈소현을 바라보며 말하자 제갈소현은 은은한 미소를 머금었다.

제갈소현과 각 단주들은 상당히 바쁜 나날들을 보낸 것 같았다.

"단문세가에서 서신이 도착했습니다."

제갈소현은 서신을 꺼내 진천에게 건네주었다. 그 자리에서 읽어보니 단문세가의 일은 걱정하지 말고 무림에서 포부를 펼쳐 보이라고 써져 있었다.

당가연이 진천에게 보낸 서신이었다. 연락이 없어 서운하다는 내용이 있기는 했지만 전체적으로 진천에 대해 칭찬을 하고 있었다.

진천은 제갈소현과 함께 신룡전에 있는 업무실로 들어갔다.

폐관 수련을 끝내고 제일 먼저 한 일이 업무실에 들어가는 일이었으니 타인의 귀감이 될 만했다.

제갈소현은 그동안 처리하지 못했던 일들을 가지고 왔다.

"밤이 길어질 것 같군."

"야식을 준비할까요?"

"그래주겠나?"

제갈소현은 웃으며 고개를 끄덕였다.

진천은 빠르게 일을 처리하기 시작했다.

                  *   *   *

모든 업무를 처리하고 무림맹주와 만나고 나서야 무림맹 밖에 있는 집으로 돌아올 수 있었다.

무림맹주가 진천에게 배정한 집이었는데 상당히 호화스러웠다. 신룡회의 무사들이 주변을 삼엄하게 지키고 있어 신룡회주가 갖는 위엄을 보여주었다.

그들 모두가 진천이 자유롭게 쓸 수 있는 진천의 사병이나 마찬가지였다.

다른 단들은 무림맹주의 허가를 받아야 움직일 수 있었지만 천룡단은 진천이 자유롭게 쓸 수 있었다. 진천의 직할부대였기 때문이다. 때문에 제갈소현은 천룡단에 뛰어난 인재들을 배치했다.

곽하연도 천룡단 소속이었다.

진천은 침실로 들어갔다. 넓은 침실에는 호화스러운 물건들이 배치되어 있었다.

"흑운."

"예, 주군."

흑운이 진천의 뒤에서 나타났다.

진천은 상주하고 있는 하녀를 시켜 간단한 안주를 가져오게 했다. 좋은 술과 안주가 식탁에 차려졌다.

"한잔 받지."

"영광입니다."

진천이 흑운에게 술을 따라주었다.

진천의 얼굴에는 은은한 미소가 서려 있었다. 술을 단숨에 마신 흑운은 그런 진천을 보며 흐뭇한 미소를 지었다.

"주군, 많이 달라지셨습니다."

"그래 보이나?"

"예."

진천의 변화를 흑운은 단숨에 알아차렸다.

"곽하연이 자주 찾아왔습니다. 이곳을 꾸민 것도 그녀입니다."

"그렇군."

"황보미윤이 보낸 서찰이 가득 쌓여 있습니다. 그리고 모용화가 단문세가에 방문했더군요."

진천은 술을 들이켰다. 술에 취하지 않기에 그저 분위기를 마시는 것이었다.

"주군, 모든 일이 끝난 후에 주군께서는 어찌하실 생각이십니까?"

"아직 그 생각을 하는 것은 이르다."

아직은 이른 일이었다. 어느 하나 이룬 것이 없었다. 먼 미래의 일을 생각하기에는 아직 너무 일렀다.

진천과 흑운은 계속해서 술을 마셨다.

깊은 밤이 되자 진천은 품에서 흑혼단을 꺼내 흑운에게 주었다.

"주군, 이것은……?"

"네 사기를 혼기로 바꿔줄 것이다."

"혼기라 하시면 주군께서 사용하시는 내공 아닙니까?"

"그래, 앞으로 일을 도모하는데 필수적이지. 복용해라. 내가 진기를 유도해 주겠다."

흑운은 크게 감동하여 고개를 숙이고는 망설임 없이 흑혼단을 복용했다.

흑운은 화경의 끝자락에 와 있었다. 그가 벽을 깨지 못하는 것은 깨달음 때문이 아니었다. 부족한 사기를 모으지 못하고 있었기 때문이다.

진천은 가부좌를 틀고 앉은 흑운의 등에 손을 얹고 진기를 유도했다. 혼기가 흑운의 혈맥을 질주하며 사기들을 모조리 혼기로 만들었다.

혈맥을 깨끗하게 만든 혼기는 단전으로 돌격하여 쌓이기

시작했다. 단전이 꽉 차자 하나로 뭉치며 내단이 형성되었다.

흑운이 공중으로 떠올랐다. 황금빛으로 빛나는 꽃이 피며 흑운의 머리 위에 떠올랐다.

막대한 혼기는 흑운의 정신을 휩쓸어 버리고 있었다.

진천은 수라역천신공을 운용하며 흑운이 정신을 잃지 않게 해주었다.

파드드득!

흑운의 몸이 갈라지며 재구성되기 시작했다. 막대한 혼기가 그의 몸을 재구성하고 있는 것이다. 진천은 모든 과정을 지켜보았다.

공중으로 떠오른 흑운이 바닥에 내려앉으며 눈을 떴다.

흑운은 몸에 충만한 기운을 느끼며 크게 놀라고 있었다.

"되었군."

"이것이 혼기입니까?"

"완전히 네 것으로 만들어야 한다."

"존명!"

흑운은 감동에 몸을 떨었지만 침착함을 유지했다.

진천에게 보답하는 길은 그의 명령을 충실하게 이행하는 것 뿐이었다.

진천은 흑운에게 단천검법의 구절을 불러주었다. 흑운이라면 단천검법을 쉽게 익힐 수 있을 것이다.

"빠른 시일 내에 내 대역을 세울 것이다."

"예, 부족함이 없도록 준비하겠습니다."

"흑영대를 불러 나머지 흑혼단을 흑풍, 흑천, 흑화에게 보내라. 흑천이 먼저 복용한 후 체내에 내단을 완성하게 되면 그 후에 다른 이들을 돕도록 명하라."

"존명!"

흑운의 모습이 사라졌다.

진천은 미소 지었다. 흑운이 자신의 대역을 소화하게 된다면 이제 마교를 움직일 차례였다. 대업의 한쪽 축이 드디어 완성되는 것이다.

'아직 좋아하긴 이르겠지.'

급할 것은 없었다.

진천은 흑운이 완벽하게 자신을 연기할 때까지 무림맹에 머물 생각이었다.

*　　　　*　　　　*

무림맹에서의 시간이 계속해서 흘러갔다. 진천과 흑운은 서로 바꿔가며 무림맹에서 일했다.

흑운이 완벽하게 진천을 연기하기까지는 그리 오랜 시간이 걸리지 않았다.

흑운은 진정한 진천의 모습을 연기하는 것이 아닌 영웅 단진천을 연기하고 있었다.

단천검법 역시 진천의 지도로 진천이라 부를 수 있을 만큼 진보했다.

흑운이 무림맹주와 대면한 적도 있었는데 무림맹주는 흑운을 진천으로 완벽히 오인했다.

이쯤 되면 진천의 분신이라 불러도 무방했다.

"이제 계속 네가 맡아라."

"예, 주군."

흑운은 제법 진천으로서의 생활을 즐기고 있었다.

그동안 죽은 듯이 숨어 지낸 것에 비하면 천국과 다름없었다. 진천은 흑운을 바라보았다.

신룡회주를 나타내는 무복과 단천검이 무척이나 잘 어울렸다.

흑운이 무림맹으로 가자 진천은 조용히 밖으로 빠져나왔다.

역용술을 펼치며 완전히 다른 사람의 모습이 되었다. 본래 모습으로 있을 때는 어딜 가나 시선을 받았지만 위장한 모습은 평범해서 그 누구도 신경 쓰지 않았다.

그랬기에 마음이 제법 홀가분해졌다.

'괜찮군.'

진천은 가벼운 마음으로 한동안 주변을 돌아다녔다. 마교의 인물들이 있는 곳은 이미 알고 있었다.

　알아낸 바에 의하면 백도신의가 노력을 하고 있기는 하지만 마교의 곽문진은 언제 죽어도 이상하지 않을 만큼 상태가 악화되었다고 한다. 마교 교주의 피를 잇고 있는 그의 죽음은 많은 것을 의미할 것이다.

　'그럼 오늘 밤 찾아가야겠군. 그가 죽는다면 마교로 들어갈 최고의 기회가 날아갈 테니.'

　곽문진이 회복된다고 할지라도 진천은 그를 살려둘 생각이 없었다.

　무림맹에 영웅 단진천을 세워놓았으니 마교로 갈 차례였다.

＊　　　　＊　　　　＊

　곽문진은 마교 교주의 셋째 아들이었다.

　마교 교주는 휘하에 이남일녀를 두었는데 첫째가 현재 유력한 소교주 후보인 곽사준이었고 둘째가 곽문진의 누이인 곽수린이 있었다.

　둘은 교주의 자식답게 어려서부터 무에 대단한 재능을 보였지만 곽문진은 달랐다. 병약한 육체로 태어나 지금까지 계속해서 병을 앓아왔다. 후계자 싸움에서 밀려난 것은 당연한 일이었다.

그럼에도 불구하고 특유의 존재감으로 많은 사람을 자신의 편으로 만들었으나 강자지존인 마교에서는 본인이 강하지 않으면 결코 인정해 주지 않았다.

결국 곽사준의 위협에 마교를 떠나 몸을 피하고 있었다.

병을 고치지 못하면 미래가 없었다.

마교를 떠날 당시 곽문진은 그렇게 생각했다. 마교에 남아 있다면 병이 더 악화될 것이다.

그는 곽사준이 자신의 병을 악화시켰다고 생각했다.

마교에서 나와 무림맹에 의술로 이름 높은 백도신의가 있음을 알게 되자 병을 고치기 위해 무림맹으로 바로 달려왔다.

"송구합니다만 제 실력으로는 무리입니다."

"자네는 그 이름 높은 백도신의가 아닌가! 어… 어찌 그런 말을 쉽게 내뱉는가!"

"인명은 하늘에 달린 게지요. 저는 그저 그 시기를 늦출 뿐입니다."

마천검군(魔天劍君) 고명진의 얼굴이 일그러졌다. 백도신의가 밤낮으로 곽문진을 돌보았지만 그의 병은 나아질 생각을 하지 않았다..

'이미 뼛속까지 독기가 스며들었다. 길어봐야 이틀……'

백도신의는 그렇게 생각하며 고개를 저을 뿐이었다.

백도신의가 물러났다. 그는 이제 더 이상 찾아오지 않을 것이다. 그가 여태까지 해준 것만으로도 그에게 대단히 고마워해야 했지만 고명진은 그러지 못했다. 등을 돌리며 나가는 백도신의에게 아무런 말도 하지 않았다.

"여기까지란 말인가?"

고명진은 깊은 숨을 내쉬며 침상에 누워 있는 곽문진을 바라보았다.

곽문진는 그가 인정한 진정한 주군이었다.

병 때문에 무공의 경지는 낮았지만 그에게는 사람을 휘어잡는 위엄이 존재했다. 십만 마교인의 위에 군림하기 위해서는 필수적으로 갖춰야 할 제왕의 기운이 곽문진에게 존재했다.

소교주의 유력한 후보인 곽사준은 유례를 찾아볼 수 없을 정도로 무공의 성취가 높고 머리도 비상하지만 그것뿐이었다.

부하들을 공포로 통치할 뿐이고 반대하는 자는 가차 없이 죽였다. 어쩌면 마교에게 가장 잘 어울리는 태도였지만 마교의 인물들도 모두 사람이었다.

'공포로만 지배해서는 오래갈 수 없다.'

고명진은 그것을 잘 알고 있었다.

'교주님께서 나서시면 좋으련만.'

천마지존인 마교 교주는 후계자의 다툼에는 간섭하지 않았다.

강하고 뛰어난 자만이 살아남아 마교를 잇는다. 그것이 마교의 전통이었다.

교주는 곽문진을 특별하게 아꼈지만 그를 위해 해준 것은 아무것도 없었다.

'그저 살아만 나신다면……'

고명진은 미약한 숨만 내쉬고 있는 그의 주군을 바라보다가 조용히 문을 닫고 나갔다.

그의 주군이 마교도 아닌 백도무림의 무림맹에서 죽어가는 현실이 너무나 슬펐다.

고명진은 깊은 숨을 내쉬고는 물러날 뿐이었다.

제9장
마교

　　진천은 기적을 숨기고 모든 것을 지켜보았다.

　　백도신의가 고개를 저으며 방 밖으로 나가는 것이 보였다. 고명진이 비통한 표정으로 앉아 방문을 지키고 있었다.

　　진천의 몸이 곽문진의 옆에서 스르륵 솟아났다.

　　진천이 방 안에 있는 것을 그 누구도 눈치채지 못했다.

　　현경을 넘은 진천의 움직임은 그 어떤 소음조차 나지 않고 조용했다.

　　진천은 죽어가는 곽문진을 바라보았다. 선천지기에 독기가 모두 스며들어 해가 뜨면 죽을 것이다.

그의 얼굴은 평온했다. 죽음을 받아들이고 있는 것으로 보였다.

마교의 높은 신분치고는 초라한 죽음이었다. 그의 주변에는 고명진과 몇 명의 하녀, 그리고 무사들만 남아 있을 뿐이었다.

무림맹과 함께 최고의 전성기를 보내고 있는 것과는 대조적이었다.

진천은 아무도 모르게 집 밖으로 빠져나왔다. 눈에 띄지 않는 곳에 있는 집은 평민들이 사는 곳에 비하면 컸지만 마교와는 어울리지 않게 소박했다.

현재 곽문진의 위치를 보여주는 듯했다.

진천은 집을 바라보며 역용술을 펼쳤다. 그의 얼굴은 급속도로 늙어갔다. 순식간에 진천의 모습이 완전한 노인의 모습으로 바뀌었다. 마치 전설 속에나 나올 법한 고승 같은 분위기를 자아냈다.

길게 휘날리는 흰 수염과 깊은 눈망울, 커다란 귀.

모든 것이 범상치 않아 보였다.

진천은 삿갓을 쓴 채 지팡이를 들었다. 이기어검으로 나무를 깎아 만든 지팡이었다.

"흐음."

목소리 역시 중후하게 변했다.

진천은 근엄한 표정을 지으며 문을 두드렸다. 몇 번을 더 두

드리자 하녀가 문을 조심스럽게 열었다.

하녀는 진천의 모습을 보고 화들짝 놀란 표정을 지었다. 그녀가 보기에도 평범한 노인처럼 보이지 않았기 때문이다.

"어느 고인이시길래 이 밤중에 발걸음을 하셨는지요."

"고인이 아닌 그저 지나가던 나그네요. 산속을 헤매다 보니 이곳까지 이르게 되었소. 혹여, 실례가 안 된다면 밥 한 끼 얻어먹을 수 있겠소?"

"잠시만 기다리십시오."

하녀는 정중하게 인사한 후 집 안으로 들어섰다. 일개 하녀였지만 기품이 서려 있었다. 그녀의 신분을 몰랐다면 명문세가의 여식으로까지 느껴질 정도였다.

'과연 마교로군.'

하녀조차 평범하지 않으니 본래의 모습은 얼마나 대단할지 기대가 되었다. 부디 무림맹보다 위대했으면 했다. 그래야 쳐부술 맛이 있으니 말이다.

안에서 목소리가 들려왔다. 진천의 귀에 또렷이 들렸다. 고명진은 범상치 않은 노인이라는 말에 자리에서 일어나 직접 진천에게 다가왔다.

문이 완전히 열리고 고명진이 진천을 바라보았다. 고명진의 눈이 크게 떠졌다. 진천에게서 뿜어져 나오는 기운은 마치 산에 들어온 것처럼 너무나 정순했기 때문이다. 그러다가 지팡이에 시선이 머문 순간 그대로 굳어버렸다.

'나무를 통째로 깎은 것이다. 그것도 한 순간에……!'

고명진은 진천의 지팡이가 어떻게 만들어졌는지 간파했다. 마교의 고수다운 안목이었다. 그는 침착함을 되찾고 진천을 바라보았다.

"고인께서는 어찌 이곳까지 찾아오셨습니까?"

"그저 지나가던 길이외다. 허허, 산에서 길을 잃고 헤매다 불빛을 쫓아왔소."

"그러시군요. 안으로 드시지요."

진천은 집 안으로 들어섰다.

고명진은 하녀를 시켜 음식을 내오게 했다.

"고맙소. 이 은혜는 잊지 않겠소."

"은혜랄 것까지 있겠습니까."

진천은 하녀가 내온 만두를 아주 맛있게 먹었다. 하녀가 직접 만든 만두인 듯했다.

"맛이 일품이구만. 정성이 느껴지는구려."

진천이 그렇게 말하자 하녀가 수줍게 미소 지었다. 만두를 다 먹은 진천은 고명진을 바라보았다.

"한데 집 안에 사기가 가득 느껴지오. 무슨 일이라도 있으신 게요?"

진천의 물음에 고명진은 고민에 빠졌다. 보통이라면 아무

일도 없었다고 말했을 것이다.

하지만 진천의 분위기와 느껴지는 기운이 너무나도 맑았다. 소림의 방장조차 이런 기운을 품지는 못할 것이다.

고명진은 말을 하기 시작했다. 지푸라기라도 잡고 싶은 심정에서였다.

"제가 모시는 주군께서 사경을 헤매고 계십니다."

"허어… 아니 어쩌다……."

"무림이기 때문이지요."

"그렇군. 허허허, 이것도 인연이라면 인연인 게지. 말년에 큰일을 한다더니만 이걸 뜻한 것이었군."

진천은 고개를 끄덕이며 자리에서 일어났다. 진천은 인자한 미소를 지으며 고명진을 바라보았다.

"내 얻어먹은 값을 하고 싶은데, 귀하의 주군을 뵈어도 될는지……?"

"의, 의술을 익히셨습니까?"

"그저 잡기술일 뿐이오."

고명진은 진천의 두 손을 꽉 잡고는 눈물을 글썽였다.

그가 얼마나 절박한지 알려주는 대목이었다.

"느껴지는 사기로 보아 오늘 밤을 넘기기 힘들 것 같소."

"허억, 어찌 그걸……!"

"일단 주군에게 데려다주게나."

고명진은 조심스럽게 방문을 열고 안으로 들어섰다.

진천의 눈앞에 생명이 끊어져 가는 곽문진이 보였다. 그의 혼백은 이미 육체를 떠나고 있었다.

진천이 사법을 행한다면 살려낼 수는 있겠으나 이성이 없는 수라귀와 같은 형태로 살아날 것이다.

진천은 곽문진의 맥을 짚고는 고개를 끄덕였다.

"이미 혼백이 떠나고 있소."

"바, 바, 방도가 없겠습니까?"

"방도라……."

진천은 눈을 질끈 감았다. 그리고 잠시 침묵을 지키다가 눈을 떠 고명진을 바라보았다.

"꼭 살려야 하는 분이오?"

"예, 제 모든 것을 바쳐서라도 살려야 합니다."

"알겠소이다. 하늘의 뜻을 거스르는 것이지만 내 한번 시도를 해보겠소."

"저, 정말이십니까? 감사합니다. 정말 감사합니다."

고명진은 무릎을 꿇으며 고개를 조아렸다. 진천은 그를 일으켜 세웠다.

"허허, 상제께 혼쭐이 나겠군."

"사, 상제요? 그 말씀은……?"

진천은 그저 고개를 끄덕일 뿐이었다.

"대법을 행해야 하니 나가주시오. 자칫 말려들어 목숨을 잃을 수도 있소."

"그렇다고 하더라도 남겠습니다."

"허허, 하나는 알고 둘은 모르는 친구로구만. 자네의 주군이 깨어났을 때 자네가 없다면 얼마나 상심이 크겠는가!"

진천의 호통에 고명진의 몸이 움찔 떨렸다.

엄청난 기백이 뿜어져 나와 고명진을 압박했다.

고명진의 몸이 부들부들 떨렸다. 그는 감히 진천을 바라볼 수조차 없었다.

"물러나시게."

고명진은 깊게 고개를 숙이고 물러났다. 그는 문을 닫고 그 앞을 지켰다.

'제대로 된 인물이군.'

그런 수하를 둔 곽문진을 다시 보게 된 진천이었다. 그저 허약한 나부랭이인 줄 알았더니 나름 기개 있게 살아온 것 같았다.

진천은 곽문진의 옷을 벗겼다. 곽문진의 몸 구석구석을 살펴보았다. 큰 흉터부터 시작하여 작은 흉, 점 하나까지 모조리 기억했다.

'근골 자체는 괜찮다. 다만 어려서 일찍이 선천지기를 소실한 것이 컸군.'

그렇기에 잔병치레가 많았으며 작은 독에도 큰 병을 앓게 된 것이다. 지금까지 버텨온 것이 용하다 할 수 있었다.

　　진천은 곽문진을 바라보다가 역용술을 펼쳤다. 곽문진의 모습이 완벽하게 복제되었다. 마른 체구부터 허약해 보이는 인상까지 너무나 똑같았다. 저승사자가 나타나 살펴본다고 해도 구분할 수 없을 것이다. 그의 목소리는 이미 기억하고 있었다.

　　진천은 자신의 옷을 벗고 곽문진의 옷으로 갈아입었다. 그 순간 곽문진의 호흡이 끊어졌다. 조금 더 버틸 수 있었지만 마치 진천이 여기 있는 것을 아는 듯 그대로 떠나 버렸다.

　　진천은 삼매진화를 일으켜 자신의 옷과 함께 곽문진의 시신을 태워 버렸다. 순식간에 곽문진의 시신이 한줌의 재가 되어 사라졌다.

　　진천은 곽문진이 누웠던 자리에 그대로 누웠다. 푹신한 침상이 그럭저럭 괜찮았다.

　　'한숨 자고 일어나야겠군.'

　　이제 새로운 삶을 살아가야 했다. 물론 그리 길지는 않을 테지만 말이다.

　　　　　　　　*　　　　*　　　　*

　　진천은 고명진이 방문을 열고 들어오는 소리에 눈을 떴다.

창문 사이로 아침 햇살이 비추었다. 고명진은 눈을 뜬 진천을 보자마자 그 자리에 털썩 무릎을 꿇었다.

"주군!"

"왜 이리 소란인가."

"주군! 흐으윽."

고명진은 무릎을 꿇은 채로 흐느꼈다. 진천은 몸을 일으켜 고명진에게 다가갔다. 진천이 고명진을 일으켜 주었다.

"이, 이제 괜찮으신 겁니까?"

"이제 괜찮다."

고명진은 감동에 몸을 떨었다. 고명진의 눈에 건강해진 주군의 모습이 비쳤기 때문이다. 보름 전부터 일어나지도 못했던 주군이었다. 그런데 이리 건강한 모습으로 서 있었다. 그가 느끼는 감동은 이루 말할 수 없을 정도였다.

"그, 그런데 그 고인께서는……?"

"나에게 당분간 몸을 숨기라는 말을 하시고 홀연히 사라지셨다."

"정녕 그분께서는……."

"나도 꿈을 꾸는 것 같군."

진천은 긴 숨을 내쉬며 그렇게 말했다. 고명진은 진천의 앞에 부복했다.

"주군, 외람된 말씀이지만 당분간은 완전히 회복된 사실을 숨겨야 할 것 같습니다."

"그래야겠지."

고명진은 감정을 수습할 줄 아는 자였다. 그랬기에 그만한 경지에 오를 수 있던 것이다. 그는 차분하게 다음 계획을 세웠다. 그의 주군이 회복된 것은 무엇보다 기쁜 사실이기는 하지만 위협은 도처에 깔려 있었다.

"자네가 고생이 많았어."

"아닙니다, 주군. 저는 그저 곁을 지킨 것밖에 한 것이 없습니다."

"그것이 전부야. 자네가 날 살렸어."

"주군……."

쨍그랑!

하녀가 진천의 모습을 보고는 가지고 오던 접시를 바닥에 떨어뜨렸다.

"입단속을 철저히 시키도록."

"존명!"

곽문진은 아래 사람들에게도 존경을 받는지 하녀는 눈물을 글썽이고 있었다.

"잠시 혼자 있고 싶다."

"알겠습니다, 주군. 부디 무리하지 마십시오."

진천은 수하들을 모두 물리고 홀로 방에 앉아 곽문진에 대한 것을 조사하기 시작했다.

대략적인 배경은 알고 있었지만 앞으로 그의 행세를 해야 하니 자세하게 파악해야 했다. 고맙게도 곽문진은 자신의 서러움이나 고통을 글로 남겼다.

그것에서 많은 정보를 얻을 수 있었다.

"기구한 인생이었군."

그는 첩의 자식이었다.

교주가 총애하던 첩의 자식으로 태어나 많은 차별을 받았다. 그를 죽이기 위해 음식에 독을 탄 것을 알았을 때는 이미 늦었다고 한다.

무공은커녕 체력 단련조차 할 수 없는 몸이 되었지만 그는 끊임없이 노력했다. 그래서 둘째 누이와 견줄 만한 세력을 쌓았다.

하지만 마교의 규칙은 강자지존이었다. 본인이 강하지 않으면 세력은 아무런 소용이 없었다.

소교주 자리를 놓고 벌이는 살육전에 참여하기 위해서는 세력뿐만 아니라 그 스스로가 강해야만 했다.

하지만 그는 포기하지 않고 있었다. 몸을 고치면 소교주의 자리를 놓고 당당히 겨룰 수 있다고 생각했다.

'몸을 고치면 갑자기 무공이라도 생기나?'

몸을 고친 후 무공을 익혀 자신을 이렇게 만든 자들에게 복수하고 싶어 했다.

어리석은 자였다. 몸을 고친다고 해도 없던 무공이 생겨나지 않는다. 그건 무공을 모르는 자들이 갖는 착각이었다.

그의 배다른 첫째 형은 필사적으로 노력하는 곽문진을 비웃고 있을 것이 틀림없었다.

'걱정 마라. 마교를 부수는 김에 내가 다 죽여주지.'

그 정도면 곽문진도 저승에서 기뻐할 것이다.

진천은 곽문진의 짐을 뒤지기 시작했다.

무공에 대한 집착이 있었으니 비급 하나쯤은 가져왔을 것이다. 짐들 사이에서 하얀 천에 봉인되어 있는 비급 하나를 발견할 수 있었다. 교묘하게 숨겨놓았지만 진천의 눈을 피할 수는 없었다.

"혈마신공이라······."

마공도 어차피 순리의 한 부분일 뿐이었다. 진천은 구절을 모두 암기한 후 비급을 태워 버렸다.

혈마신공을 익히는 것은 어렵지 않을 것이다. 구절을 떠올리는 것만으로도 어떤 묘리가 담겨 있는지 파악이 되었다. 수천의 비급을 해석했기에 이 정도는 너무나 쉬운 일이었다.

"나쁘지 않은 무공이군."

마교에서는 그 누구도 익히지 않는 무공이었다.

교주의 천마신공과 대등하다고 알려져 있지만 그 누구도

삼성의 경지 이상을 이룰 수 없었다. 그전에 주화입마에 걸려 광인이 되었기 때문이다.

광인이 된 이들은 피를 탐하게 되고 사람의 생육신을 뜯어 먹었다. 그러고는 온몸에 피를 뿜어내며 자멸을 하게 된다.

그렇기에 마교 내에서 공개되어 있는 비급이기는 하지만 아무도 익히지 않는, 잊혀진 비급이었다.

하지만 삼성에 도달하기만 하더라도 화경에 가까운 힘을 얻게 된다. 곽문진은 그것에 목숨을 걸려했다. 몸을 고치고 또다시 사지로 몸을 내몰 생각이었던 것이다. 알면 알수록 어리석은 자였다.

'범인이라면 제정신으로는 익힐 수 없겠지.'

진천은 혈마신공의 구절을 떠올려 보았다.

고의적으로 변경된 부분이 상당히 많았다. 주화입마를 일으켜 선천지기를 폭주시키는 방식으로 막대한 내공을 만들어 내는 일회성 무공이었다.

하나 삼성을 넘어서게 되면 이야기가 달랐다. 폭주한 선천지기가 몸의 노폐물들을 모두 태워 버리고 환골탈태에 이를 수 있었다.

보통의 근골로는 삼성을 넘어설 수 없었다. 혈마신공을 익힐 수 있는 자는 정해져 있었다. 바로 혈마지체였다.

'혈마지체는 결코 태어나는 것이 아니다.'

만들어지는 것이었다. 혈마신공을 완벽히 이해하자 혈마지체를 만드는 법을 알 수 있었다. 천명의 시체 속에서 진법을 구축해야 했다. 그렇게 탄생하는 혈마지체 조차 순리에 포함되어 있었다.

'흥미롭군.'

연구할 가치가 충분했다. 사법에 섞는다면 수라귀를 더욱 뛰어난 존재로 탄생시킬 수 있을 것 같았다. 거기에 흑혼단까지 합세한다면 전무후무한 살인 병기가 탄생할 것이다.

진천은 혈마신공의 구결을 떠올리며 혼기를 움직여 보았다. 그러자 진천의 주위로 피와도 같은 붉은 기운들이 흘러나오기 시작했다. 혈마신공이 완벽히 재현되고 있는 것이었다. 수라역천신공의 깨달음은 혈마신공에게도 그대로 이어졌다.

진천이 손을 뻗자 붉은 수강이 떠올랐다. 이글거리는 붉은 수강은 혈마신공을 나타내 주었다.

'곽문진의 주 무공으로 삼아야겠군.'

손을 휘젓자 수강이 사라지며 주위에 안개처럼 떠돌아다니던 붉은 기류가 진천에게 빨려 들어왔다. 나쁘지 않은 무공을 얻어 앞으로의 일도 잘 풀릴 것 같은 예감이 들었다.

*   *   *

마교.

백도무림과 비견되는 또 다른 무림이었다.

강자지존의 원칙을 따라 강한 자들만이 군림하는 곳이었다.

천마지존이라 불리는 교주의 강력한 통치 아래 눈부신 발전을 해나가고 있는 중이었다.

지금이 마교의 전성기라 불러도 무방했다. 그토록 숙원하던 중원 진출을 했을 뿐만 아니라 무림을 통째로 집어삼키려는 야욕까지 숨기고 있었다.

이미 백도무림에 대한 장악이 시작되고 있었다.

마교는 백도무림에게 자세를 낮추며 평화를 원한다고 말하고 있었지만 속으로는 칼날을 갈고 있었다. 한 번 박히면 빼낼 수 없고 치명적인 급소를 찌르는 칼날을 말이다.

"알아보았느냐."

미려한 외모의 청년이 그렇게 말하자 그림자 속에서 인형이 치솟아 오르며 부복했다.

"예! 무림맹, 그리고 고명진에게 심어놓은 세작을 통해 알아본 결과… 완전 회복되었다고 합니다."

청년의 눈썹이 일그러졌다. 그에게서 뿜어져 나오는 기세에 부복한 부하가 몸을 부들부들 떨었다. 청년은 다시 온화한 표정을 짓고는 그를 바라보았다.

"자세히 보고하라."

"백도신의조차 고치지 못한 병을 늦은 밤에 방문한 노인이 완전히 고치고 사라졌다고 합니다. 밖으로 나간 기척도 없었고 마치 증발한 것같이 모습을 감추었다고 합니다."

"노인이라…… 노인이 아우를 고쳐 주었단 말이지?"

그렇게 말한 청년은 크게 웃기 시작했다.

"하하하, 대단히 기이한 일이로군. 화타의 재림이라 불리는 백도신의조차 고치지 못했던 병을 일면식조차 없는 노인이 와서 고쳐 줬다?"

"그, 그렇습니다."

"그 말을 믿으란 말인가!"

청년의 외침에 부하는 고개를 바닥에 박은 채로 움직일 생각을 하지 않았다.

그의 심기를 거슬렀다가는 그대로 목이 달아날 수도 있었다.

청년의 이름은 곽사준이었다.

천마지존의 장자로 태어나 가장 유력한 소교주 후보로서 그 세력을 확고히 넓혀가고 있었다.

곽문진이 죽는다면 확실히 곽사준이 소교주로 확정될 것이다. 둘째가 있기는 하지만 여자였고 그녀에겐 권력에 대한 욕심은 없었다.

곽사준은 마교 교주가 후계자 책봉을 미루고 있는 것이 곽문진 때문이라고 생각했다.

그는 자신보다 곽문진을 아꼈다. 그가 천마신공의 배우기 전 단계인 소마신공을 대성했을 때도 그의 아버지는 따스한 말 한마디 건네주지 않았다. 곽문진이 차도를 보인다는 소식을 듣자 소리 내어 웃었던 것이 그의 아버지 천마지존이었다.

곽사준은 자신이 이루어 놓은 것에 비하면 아무것도 하지 못한 곽문진이 총애를 받는 것이 무척이나 거슬렸다.

자신이 살수들을 이끌고 소림사에서 현문대사를 죽였을 때도 곽문진은 병석에 누워 있었다.

"아우가 살아 돌아온다면 후계자 책봉은 계속 미뤄지겠지."

곽사준은 생각에 잠겼다. 노인이 곽문진을 회복시켰다는 말은 믿지 않았다.

곽사준은 곽문진이 자신의 뒤를 노리기 위해 이 모든 것을 꾸몄다고 생각했다.

"여태까지 놈이 독에 당한 척했거나, 아니면 간신히 살아남아 허세를 부리거나 둘 중 하나겠군."

곽문진은 어려서부터 총명했다. 무학에 대한 깨달음도 늘 곽사준을 앞서갔다. 그의 어머니로부터 받은 독을 쓰지 않았다면 지금 소교주는 이미 곽문진이 되었을지도 몰랐다.

천마신공을 전수받고 백도무림을 피로 물들일 주인공이 자신이 아니라 곽문진이 되었을지도 몰랐다. 비겁하다고 해도 마교에서는 통하지 않았다.

그가 약했기에 당한 것이었고 자신이 강자였기에 지금 이 자리에 있는 것이다.

"마천대를 움직여라."

"주, 주군, 하오나 마, 마교 밖에서의 다툼은 금지되어 있… 커헉!"

곽사준이 손을 들자 부하의 목이 조여지기 시작했다.

"놈만 제거된다면 소교주는 나다. 그것이 갖는 의미를 모르는 것은 아니겠지?"

"아, 알겠습… 니다."

곽사준이 손을 내리자 부하가 앞으로 고꾸라졌다. 부하는 숨을 헐떡이다가 그대로 사라졌다.

"네놈이 무엇을 준비하고 있든 내 상대가 될 수 없다."

후계자 싸움에 마교의 교주가 간섭하지 않는 것이 전통이기는 하지만 천마지존은 은밀하게 곽문진을 도와줬다. 그렇지 않았다면 마교를 빠져나갔을 때 죽여 버렸을 것이다.

지금 천마지존은 폐관 수련에 들어갔다. 곽문진이 곧 죽을 것이라는 보고를 받고는 식음을 전폐하다가 천마궁으로 들어간 것이다. 곽문진에 대한 감시를 붙여놓은 것은 자신뿐이었다.

'병으로 죽거나 암살당하거나 어차피 죽는 것은 똑같지 않는가.'

단지 시기와 방법의 차이일 뿐 결과는 같았다.

마천대가 움직인다면 곽문진은 죽을 것이 분명했다.

마천검군(魔天劍君)으로 이름 높은 고명진까지 죽여야 한다는 것이 아깝기는 하지만 자신의 측근 중에는 고명진보다 더 뛰어난 자들이 존재했다.

'어리석은 자였다. 대세를 보지 못하고 사사로운 정에 이끌려 죽음을 택하다니……'

마천검군은 곽사준의 제안을 단번에 거절하고는 마교를 떠났다. 정말로 충성이 무엇인지 아는 자였다.

곽사준은 고개를 돌려 벽을 바라보았다. 단단한 벽에는 천마지존이라는 글자가 여럿 새겨져 있었다. 역대 천마지존이 천마신공을 써서 새겨놓은 것이었다. 곽사준은 비어 있는 공간을 손으로 만졌다.

그러다가 검을 뽑고는 전력으로 휘둘렀다.

타앙!

검강이 치솟은 검이 허무하게 튕겨 나갔다. 벽에는 흠집조차 생기지 않았다. 천마신공의 위력이 아닌 이상 이 벽에 글자를 새기는 것은 불가능했다.

'이제 곧이다. 천마신공만 전수받는다면……'

마교가 자신의 발아래 무릎을 꿇을 것이다. 그리고 저 무림이 그의 손아귀에서 피를 흘리게 될 것이다.

가장 위대한 천마지존으로서 천하에 군림할 것이다.

*　　　　*　　　　*

진천은 앞으로의 일을 계획했다. 일단 마교로 돌아가서 세력을 확장할 생각이었다. 아직 소교주가 정해지지 않았으니 곽문진이 멀쩡한 모습으로, 그것도 무공을 익혀서 돌아간다면 꽤나 큰 파장이 생길 것이다.

권모술수가 난무하겠지만 그 방면은 진천이 가장 뛰어났다. 진천보다 더 교활하고 사악한 수법을 쓰는 자는 이 세상에 존재하지 않았다.

'정식으로 소교주가 되어야 한다.'

소교주가 되고 교주에게 교주만이 익힐 수 있는 무공을 전수받을 생각이었다.

절대자라 불리는 인물이니 자신의 경지를 더 끌어올려 줄 수 있을 것이다. 그리고 마교를 장악하고 무림맹을 칠 것이다.

'마교가 훨씬 쉽겠군. 강한 자가 모든 것을 지배하니 말이야.'

무림맹처럼 복잡하게 명성과 지위를 얻기 위해 노력할 필요가 없었다. 그저 자신의 강함을 증명하면 되는 일이니 이보다 손쉬운 일은 없을 것이다.

후계자를 계승할 수 있는 신분의 몸을 얻은 것이 가장 큰 이득이었다.

다른 마교인의 몸에서부터 시작한다면 일은 더 복잡해졌을 것이다.

'고독을 만들 장소가 필요해.'

지금 이곳에서는 만들 수 없었다. 마교를 장악하기 위해서는 고독이 필요했다. 곽문진에게는 미안한 일이지만 고명진을 포함한 자신을 따르고 있는 무사들을 모두 자신의 것으로 만들 생각이었다.

'역시 첩자가 있었군. 잘된 일이야.'

고명진의 의심을 피해 몰래 접선하는 자가 진천의 눈에 걸려들었다.

고명진에게 첩자가 있을지도 모른다고 언질하니 고명진이 함정을 파놓고 첩자를 잡았다. 첩자는 바로 곽문진의 수발을 들던 하녀였다.

방으로 끌려온 하녀가 무릎을 꿇은 채로 진천을 바라보았다.

겁이 많고 수줍던 모습은 사라지고 냉혈한 표정의 얼굴만이 자리 잡고 있었다.

고명진은 진천에게 깊게 고개를 숙였다.

"송구하옵니다. 사람을 제대로 관리하지 못한 제 불찰입니다. 죽여주시옵소서."

하녀는 곽문진이 데리고 온 자였다. 몇 년 동안 그의 시중을 들었던 여인이기도 했기에 곽문진은 그녀를 신뢰했다.

저 하녀가 여기에 있는 것은 곽문진의 탓이었다. 곽사준에 비해 똑똑하기는 하나 자신의 사람에게 무르고 냉철한 면이 부족했다.

"검을 다오."

진천은 고명진에게 손을 뻗었다. 고명진이 자신의 검을 진천에게 두 손으로 정중히 건네주었다.

진천은 하녀의 목에 검을 겨누었다.

"내가 협박에 굴할 것 같나?"

"네년, 살수로군."

진천이 손을 뻗어 하녀의 얼굴을 잡았다. 그녀의 입안에서 독약이 발견되었다. 언제든 자결할 수 있게 입안에 넣어놓은 것이었다.

고명진은 놀라며 진천을 바라보았다.

"형님이겠군. 그렇지?"

"……"

"무림맹에도 세작이 있을 테고 이미 내 소식은 곽사준에게 전해졌겠군. 그래, 더 말할 것이 있나?"

하녀가 진천을 노려보았다.

"이미 천리향이 묻혀졌다. 곧 네놈은 죽을 것이다."

그런 말을 남기고는 살수답게 몸에 숨겨놓은 비수를 꺼내 진천을 찌르려 했지만 진천이 먼저 검을 휘둘렀다.

털썩!

죽은 하녀를 바라보던 진천은 검을 고명진에게 건넸다.

"그래, 형님께서는 어떻게 대응해 올 것 같나?"

"마천대를 움직일 것 같습니다. 그들이 제일 이곳과 가깝습니다."

"마천대라… 살수들을 말하는 건가?"

"예, 그렇습니다."

진천이 묻자 고명진은 당연한 것을 왜 묻는지 이해하지 못했지만 정중히 답했다.

"주군, 몸을 피하셔야 합니다."

"산에 있는 은신처를 알고 있나? 영기가 맑았으면 좋겠는데."

"물색해 놓은 장소가 있기는 합니다만 오래 버티지는 못할 것입니다."

"그곳으로 가지. 하인과 하녀들은 남겨두도록."

진천의 입가에는 미소가 서려 있었다.

고명진은 그런 진천의 모습에서 천마지존의 모습을 발견했다.

고명진은 바닥에 무릎을 꿇고 고개를 숙였다.

"죽을 때까지 주군을 모시겠습니다."

"네 모든 것을 나한테 바칠 수 있겠나?"

"당연하옵니다."

고명진의 경지는 현경이었다. 완숙한 현경의 경지를 밟고 있는 고수였다.

흑운이 단진천의 일을 하고 있으니 쓸 만한 수족 하나가 필요했다.

그가 연기를 한 것은 이날을 위해서였다. 현경의 고수에게 심을 만한 고독을 만들려면 오랜 기간이 필요했고 재료 또한 귀했다. 그랬기에 완벽하게 혼백을 제압하는 쪽으로 가야 했다.

"의심하지 말고 받아들여라."

진천의 그의 머리에 손을 얹었다. 고명진은 갑작스럽게 밀어닥치는 엄청난 기운에 당황해했다. 생전 처음 느껴보는 압도적인 기운이었다. 위대한 천마교주의 마기도 이 기운에 비할 수는 없을 것이다.

그는 의심을 지우며 기운을 받아들였다.

그의 주군이 행하는 일이었기에 의심하지 않았다. 만약 고명진이 일말의 의심이라도 품고 있었다면 그는 그 자리에서 절명하며 수라귀가 되었을 것이다.

이 모든 것이 진천을 곽문진이라 굳게 믿고 있었기에 가능한 일이었다.

그의 선천지기와 후천지기 모두 혼기로 대체되기 시작했다. 흑혼단을 심는 것에 비해 혼기의 양은 적었지만 이 정도만 하더라도 동수에 있는 자들과 싸운다면 분명 압도적으로 승리를 할 것이다.

고명진은 자신의 몸에 가득 찬 새로운 기운에 놀랐다. 그리고 진천을 바라보았다.

"주군을 뵙습니다."

"난 곽문진이 아니다."

고명진은 무릎을 꿇고 고개를 숙였다.

그것은 제압당한 혼백마저 뒤흔들 정도로 충격적인 사실이었다.

그는 반나절이 넘는 시간 동안 움직이지 않았다. 진천 역시 그를 바라보며 움직이지 않았다.

그의 혼백을 뒤흔들어 자신의 말만 따르는 백치로 만드는 것은 쉬운 일이었다. 하지만 진천은 고명진, 그 자체를 원했다. 그랬기에 그가 끝까지 자신을 거부한다면 그를 놔줄 생각이었다.

그가 모시던 주군 곁으로 가게 될 것이다.

긴 침묵 끝에 고명진이 입을 떼었다.

"그분께서는 편히 가셨습니까?"

"그래, 고통 없이 떠났다."

고명진은 두 눈을 질끈 감았다.

"내가 곽문진을 천마지존으로 만들겠다. 마교의 가장 위대한 인물로 만들겠다. 역사에 길이 남게 하겠다. 그것이 네 주군을 지키지 못한 죄를 씻는 길이다."

고명진이 고개를 들어 진천을 바라보았다.

"날 따르겠는가?"

"지금의 제 목숨, 눈앞에 계신 주군께 바치겠습니다.

하나 제가 죽어 저승에 간다면 제 주군은 그분이 되실 겁니다."

"네가 원한다면 그리 될 것이다."

고명진은 모든 것을 받아들였다.

그의 마음은 진천을 향한 충(忠)으로 가득 차게 되었다.

진천은 그를 일으켜 세우고는 고개를 끄덕였다. 자신의 사람이 된 이상 그를 버리지 않을 것이다.

"네 이름은 흑명이다."

백도무림에서 활동하는 사혼흑수처럼 마교에서 세력을 흡수하면서 쓸 만한 수하들을 만들어갈 것이다. 진천의 첫 보는 흑명으로 시작되었다.

밤이 되자 진천과 흑명은 집을 떠났다. 은밀히 떠나지는 않았다. 일부러 마교에서 심은 세작들에 눈에 띄는 곳을 지나며 무림맹을 벗어났다.

마교에서 보낼 자객들을 피해 숨는 것이 아닌 그들을 유인하려한 것이다.

마교의 자객들이 자신을 해할 수 있으리라 생각하지는 않았다. 지금 경계해야 할 인물은 무림맹주와 마교의 교주일 뿐이다.

'적당히 어울려 줘야겠지.'

곽서준과 적당히 어울려서 의심 없이 소교주가 되어야 했다.

혈마신공을 터득한 점을 부각시킨다면 무공의 문제도 해결될 것이다. 혈마신공은 3성까지 육 개월이면 도달할 수 있었으니 말이다.

진천은 공포로서 세력을 다스릴 생각이었다.

백도무림의 영웅 단진천과는 완전히 다른 방향이었다. 단진천이 백이라면 곽문진은 완벽한 흑이 되어야 했다.

진천은 여유롭게 이동해 흑명이 알아놓은 산으로 들어갔다. 몸을 숨기기 위해 마련해 놓은 은신처였는데 절벽 사이에 교묘하게 숨겨진 오두막이 보였다.

오래 버틸 수 있도록 식량까지 마련되어 있었다.

"백도신의가 무림맹에 머물고 있지 않았다면 이곳에 오려했습니다."

"그렇군. 좋은 곳이다."

진천이 만족하며 고개를 끄덕였다. 산의 영기가 느껴졌다. 이런 곳에는 좋은 약초들이 많이 났다. 그리고 그만한 독초들도 많았다.

진천은 흑명에게 독초들을 가능한 많이 수집해 올 것을 명했다.

'짐승을 잡아야겠군.'

고독을 만들려면 짐승의 사체가 필요했다. 영물일수록 탄생되는 고독의 품질이 좋았으니 되도록이면 영물을 잡고 싶었다. 그랬기에 영기가 충만한 산에 온 것이었다.

"그럼······."

진천의 모습이 흐릿해지며 사라졌다. 진천은 수라보법을 밟으며 산을 활보했다.

그의 움직임은 자연의 법칙을 거스르며 빛살처럼 나아갔다. 산의 나무와 바위, 그리고 절벽은 장해물이 되지 않았다.

빠르게 산꼭대기 위에 오른 진천은 물이 호수처럼 고여 있는 것을 발견했다. 고인 물에서 청명한 기운이 느껴졌다. 영약은 아니더라도 약수 정도는 될 것 같았다.

진천의 눈에 거대한 뱀이 물 안으로 들어가는 것이 보였다.

"딱 좋군."

덩치도 크고 느껴지는 기운도 상당했다. 약수를 먹으며 오랜 세월을 살아온 뱀일 것이다.

혹자들은 이무기라 부르며 추앙하기도 하지만 진천의 눈에는 그저 하찮은 미물일 뿐이었다. 그리고 좋은 재료였다.

진천이 살기를 내뿜자 뱀이 그것을 느꼈는지 물살을 가르며 다가왔다.

뱀의 눈은 붉게 빛나고 있었고 비늘은 아름다운 푸른 빛깔이었다. 뱀은 혓바닥을 낼름거리며 진천을 노려보았다. 뱀의 입이 벌어진다면 사람 정도는 한 입에 꿀꺽 삼킬 수 있을 것이다.

뱀이 거대한 입을 벌리며 진천에게 달려들었다. 뱀의 머리가 진천의 앞에 이르는 순간 진천은 손을 뻗어 뱀의 독니를 잡았다.

크르르르!

뱀의 독니에서 극독이 떨어져 내렸지만 진천에게는 별 영향을 끼치지 않았다.

진천은 옷을 태우는 독을 가만히 바라보았다.

"쓸 만한 독이군. 당장 죽이지는 않으마."

뱀의 거대한 몸이 꿈틀거렸다. 진천의 손에서 벗어나려 했지만 진천은 미동조차 하지 않았다.

진천은 그대로 힘을 주어 뱀의 머리를 바닥에 찍었다.

콰앙!

바닥이 갈라지며 뱀의 머리가 바닥에 박혔다. 그래도 오랜
세월 살아온 영물인지 포기하지 않고 꿈틀거렸다.

진천의 몸을 거대한 몸통으로 감쌌다. 힘을 주어 진천을 곤
죽으로 만들려고 했지만 진천의 몸은 미동조차 없었다. 진천
의 호신강기조차 뚫지 못하며 힘만 뺄 뿐이었다.

진천이 혼기를 일으키자 뱀의 몸이 진천의 곁에서 튕겨 나
갔다. 진천은 물 안으로 도망가려는 뱀의 꼬리를 밟았다.

크르르르!

뱀이 고통스러운 소리를 질러대며 몸부림쳤다. 두 손으로
꼬리를 잡고는 그대로 밖을 향해 패대기쳤다.

콰앙!

바닥의 돌들이 박살 나며 뱀이 박혀 들어갔다. 이제는 완전
히 힘이 빠져 반항하지 못하는 뱀을 내려다보았다. 뱀의 거대
한 머리가 돌아가며 진천을 바라보았다.

진천은 발을 들어 뱀의 머리를 밟았다. 그러자 뱀의 몸이
그대로 추욱 늘어졌다. 기절해 버린 것이다.

진천이 힘을 주어 밟았음에도 뱀의 비늘은 깨끗했다.

'보호의로 만들면 좋겠군.'

하나 만들어서 희연에게 선물해 주는 것도 좋을 것 같았다. 이 정도 크기라면 열 벌도 넘게 만들 수 있었다.

황보미윤과 자신을 따르는 여인들이 떠오르자 진천은 고개를 끄덕였다.

"괜찮겠지."

남는 것은 사혼흑수들에게 주는 것도 나쁘지 않을 것이다.

진천은 뱀의 머리를 붙잡고 산꼭대기 위에서 내려왔다. 무거운 뱀을 옮기는 건 진천에게 그리 어려운 일이 아니었다. 그냥 뱀의 머리를 잡고 경공을 전개하면 되었다.

뱀의 몸통이 휘날리며 나무와 돌들을 박살 냈지만 진천이 알 바가 아니었다.

오두막으로 돌아오자 광주리에 독초를 가득 캐온 흑명이 보였다.

"주군, 오셨… 습니까? 그건……?"

"뱀이다."

흑명은 멍한 표정으로 바닥에 놓인 뱀을 바라보았다. 그 크기가 오두막보다 훨씬 컸다.

아름다운 푸른 비늘은 맑은 호수를 보는 것 같았다. 입안을 자세히 보니 아직은 작지만 주먹만 한 구슬이 보였다. 그 구슬은 야명주처럼 아름다운 빛을 뿜어내고 있었다.

"주군, 아무리 보아도 이무기 같습니다."

"뱀은 뱀일 뿐이지. 그저 오래 살아 이 산의 주인이 된 뱀일 뿐이다."

"주군께서 그러시다면 그런 것이겠지요."

주군이 뱀이라면 뱀이었다.

용이 눈앞에 있다고 하더라도 주군이 지렁이라 부른다면 지렁이였다.

흑명에겐 하찮은 사실보다 주군의 한마디가 더욱 중요했다.

진천은 뱀에게 사법을 행했다. 뱀의 혼백이 제압당하며 이성을 잃게 되었다.

오두막에 있던 항아리를 가져왔다.

안에 물을 넣고 사기를 흘려보내자 항아리가 순식간에 검게 물들었다.

진천은 항아리에 독니를 들이밀어 놓고는 독을 모았다. 온몸이 축 처진 거대한 뱀이 항아리에 독니를 걸고 있는 모습은 우스꽝스러웠다.

"주군, 이제 무엇을 하실 생각이십니까?"

"마천대를 접수해야지."

"마천대를 말입니까?"

흑명의 눈동자가 커졌다.

마천대가 품은 주군에 대한 충성심은 자신과 견줄 만했다. 그들의 주군이 죽으라면 그 자리에서 자결할 만큼 대단했다.

협박과 고문조차 통하지 않는 그들인데 어떻게 접수한단 말인가?

'주군께서 하시는 일이다. 수족인 내가 의심해서는 안 된다.'

흑명은 그렇게 생각하며 진천이 하는 것을 지켜보았다.

제10장
세력을 흡수하다

　수많은 항아리를 독으로 가득 채우고 나서야 독이 나오는 것이 멈추었다.

　뱀은 가늘게 목숨을 연명하고 있었지만 마지막 한 방울을 짜내는 순간 그 목숨이 끊어졌다. 항아리를 구하기 위해 흑명이 두 발로 뛰며 마을과 오두막을 오가야 했다.

　필요한 재료도 구입했고 팔지 않는 것은 직접 캐왔다.

　흑명이 아니었다면 모두 진천이 해야 하는 일이었다. 흑명을 자신의 것으로 만든 일은 정말 잘한 일이었다.

　진천은 뱀의 비늘을 벗겼다.

비늘이 손상되지 않도록 이기어검까지 써가며 잘 벗겨내었다. 비늘을 들어보니 무척이나 가벼웠다. 단단하기는 강철보다 더했지만 마치 깃털을 드는 것처럼 가벼웠다.

"천하의 보물을 얻으신 것을 감축드리옵니다."

"괜찮긴 하군."

진천은 오두막에 혼기를 지닌 자만이 들어갈 수 있는 진법을 설치하고는 비늘을 안에 넣어놓았다. 그리고 뱀의 머리를 잘라 항아리에 넣었다.

항아리를 가득 채우고도 뱀 고기가 상당히 많이 남았는데 바닥에 늘어놓았다.

항아리에서 생기는 고독은 품질이 좋은 고독이었고 사기로 범벅된 뱀 고기에 생기는 고독은 평소 진천이 쓰던 고독과 같았다.

"다했군."

이제 기다리는 일만 남았다.

진천은 흑명을 산 밑으로 내려 보냈다. 흑명이 마천대를 잘 유인해 올 것이다. 진천은 그 자리에 앉아 고독이 생성되는 과정을 지켜보았다.

사기의 냄새를 맡고 바닥에서 기어 올라온 검은 벌레들이 고기를 먹어가며 서로 엉켜 붙어 싸우기 시작했다.

서로가 서로를 죽이다가 고깃덩어리 하나당 한 마리의 벌레가 남았는데 그 벌레는 알을 까는 즉시 사기에 녹아 사라졌다.

'순조롭군.'

벌써 여러 고깃덩어리에서 고독의 알이 생성되고 있었다.

항아리 안은 워낙 다툼이 치열해 조금 느린 편이기는 하지만 예정된 시간 내로 완성될 것이다. 진천은 항아리에서 나올 고독이 기대가 되었다.

품질이 뛰어날수록 경지가 높은 고수를 제압할 가능성이 커지기 때문이다.

진천은 마천대를 접수하면서 실험해 볼 생각이었다. 해가 저물고 달이 떠올랐다. 산속에는 한기가 가득했다.

고독을 만들며 흘러나간 사기의 영향 때문인지 영기를 머금었던 산에 음산한 기운들이 흐르고 있었다. 범인이 이 근처로 온다면 헛것을 보고 혼절할 수도 있었다. 사기는 범인들이 견디기에는 너무나 사악한 기운이었다.

진천은 고개를 들어 밤하늘을 바라보았다.

밤하늘은 여전히 아름다웠다. 달이 없어 별들이 더욱 잘 보였다. 산속에서 별을 바라보니 예전 기억이 떠올랐다. 모처럼 따스한 기분이 드는 밤이었다.

진천은 그렇게 한동안 별을 보며 있었다.

"왔군."

혹명의 기척이 느껴졌다. 그런 혹명을 쫓는 수십의 기척이 있었다. 작은 동물의 기척으로 느껴지는 것으로 보아 살수가 분명했다.

잠시 기다리자 혹명이 진천의 앞에 나타나 부복했다.

"주군, 명을 수행하였습니다."

"수고했다."

혹명은 진천의 뒤로 가서 섰다. 진천은 마천대의 살수들을 기다렸다. 생각보다 추적이 느렸다. 흑영대라면 벌써 도착하고도 남을 시간이었다.

'느리군. 하긴 황보세가를 습격했던 마교 놈들도 실력이 형편없었지.'

백도무림에는 마교에 대한 공포가 존재했다. 마교를 무척이나 무시무시한 존재들로 묘사를 하곤 했다.

하지만 직접 경험해 보니 백도무림이나 마교나 그다지 큰 차이가 존재하지 않았다. 다만 누구의 명을 받느냐 어떤 무공을 쓰느냐가 다를 뿐이었다.

스르륵!

드디어 나무 사이로 마천대가 모습을 드러냈다.

어둠 속에서 모습을 드러내는 살수들은 진천을 발견하자 살기를 내뿜었다. 그들의 검이 별빛에 닿아 반짝였다.

"마천대인 것 같은데 맞느냐?"

"고통은 없을 것입니다."

마천대주로 보이는 자가 한 걸음 앞으로 나오며 그렇게 말했다.

진천은 피식 웃으며 고개를 설레 내저었다.

"실력이 정말 형편없군."

"실성하신 것입니까?"

마천대주는 그렇게 말하는 진천을 비웃으며 검을 겨누었다.

흑명이 얼굴을 구기며 나서려 했지만 진천이 손을 들자 물러났다.

"어느 살수가 검을 그렇게 하고 다니나? 아주 자신의 위치를 광고하는군. 너희는 살수가 아니다. 보법도 형편없고 접근법도 틀렸다."

마천대주의 얼굴이 일그러졌다.

병마에 시달려 누워만 있던 허약한 곽문진 따위가 그렇게 말하니 자존심이 상할 만했다.

"후회하지 마십시오."

"살수가 무림인을 흉내 내다니 차라리 기녀가 그것보다는 낫겠군."

"이익!"

마천대주가 진천에게 달려들었다.

검법을 펼치며 진천의 사혈을 노려왔다.

진천이 움직이지 않자 씨익 하고 미소 지었지만 이내 곧 그 표정이 경악으로 바뀌었다.

지잉!

진천이 간단하게 그의 검을 잡았기 때문이다.

"허, 허억! 무슨……!"

마천대주가 검을 빼려했지만 검이 움직이지 않았다.

마천대주는 경악하며 진천을 바라보았다. 마천대의 살수들도 깜짝 놀라며 주춤거렸다.

"살수가 감정을 티내다니 정말 쓰레기군."

티잉!

마천대주의 검이 조각나며 바닥에 떨어졌다. 그 순간 진천의 손가락이 마천대주의 몸을 찔렀다.

"어억!!"

마천대주가 그대로 굳으며 움직이지 않았다. 아무리 움직이려고 해봐도 꿈쩍도 하지 않았다. 내공도 굳어버려 그저 눈동자만 굴릴 수 있을 뿐이었다.

"하나씩 던질 테니 알아서 옮겨라."

"존명!"

진천은 마천대주를 붙잡고 뒤로 던졌다. 공중을 붕 떠 날아간 마천대주를 흑명이 잡아채고는 바닥에 던졌다.

마천대주가 바닥에 누워 눈동자를 굴리는 모습은 참으로

볼 만했다.

"쳐라!"

"곽문진을 죽인다면 소교주님께서 크게 치하하신다고 하셨다!"

그런 목소리가 들리자 살수들이 진천에게 달려들었다.

진천은 달려드는 수십의 살수들을 보며 혀를 찼다. 고수를 상대할 때는 진법을 구축하고 진이 빠지게 해야 했다. 그리고 천천히 상처를 늘려가며 죽여야 안전했다.

하지만 마천대는 자기 무공 실력만 믿고 진천에게 달려들고 있었다.

이것은 살수가 아니라 그냥 무인일 뿐이었다.

진천은 마천대에 실망했다. 이런 쓰레기들을 거느리고 있는 곽사준도 분명 애송이일 것이다.

살수 둘이 정면에서 달려들었다.

진천은 검을 들어 막을 필요도 없이 가볍게 손을 뻗었다. 그들의 검은 호신강기에 막혀 나아가지 않았다.

"억!"

"커헉!"

마혈을 제압당해 몸이 굳은 두 살수를 뒤로 던졌다. 공중을 가르며 날아가다가 바닥에 처박혔다.

흑명은 묵묵히 살수들을 잘 정리 정돈하고 있었다.

"호, 호신강기?"

"어, 어떻게……?"

살수들이 다가오지 못하고 움찔거렸다. 겁을 먹은 것이다. 호신강기를 펼칠 정도의 고수는 화경을 넘어선 자들 밖에 없었다. 이곳에 있는 살수들은 마천대주를 제외하고는 모두 절정의 끝자락 정도에 있었다.

"여러모로 실망이야. 그 정신머리, 내가 확실히 개조해 주지."

진천의 음산한 말이 퍼져 나갔다. 살수들은 그 말을 듣는 순간 소름이 끼치는 것을 느낄 수 있었다.

순간 진천의 모습이 사라졌다. 살수들은 깜짝 놀라며 진천을 찾으려 애썼다. 기감을 높여도 그들에게 진천의 기척은 느껴지지 않았다.

숲 속에서 살수 하나가 공중으로 날아올랐다.

포물선을 그리면서 바닥에 처박혔다. 그것을 시작으로 살수들이 공중을 유영하기 시작했다.

"억!"

"허억!"

"컥!'

저마다 비명을 지르며 비처럼 쏟아져 내렸다. 흑명은 정신 없이 쏟아져 내리는 살수들을 한쪽에 잘 정리했다. 마지막 한 놈을 끝으로 모든 살수가 바닥에 눕혀졌다.

차라리 곽문진에게 붙어 있던 하녀가 더 살수다웠다.

몇 년 동안 세작인 것을 들키지 않고 최후의 순간까지 곽문진의 목숨을 노렸기 때문이다.

진천의 눈에 보이는 저 살수들은 그저 무공을 뽐내고 싶어 안달이 난 애송이일 뿐이었다.

'마교의 진면목은 이것이 아니겠지.'

무림맹과 대등한 세력이다. 이 정도로 실망할 것은 없을 것 같았다.

진천은 마천대주의 앞으로 다가갔다. 마천대주의 몸에 손가락을 가져다 대자 마천대주의 입이 열렸다.

"크, 크흐! 소, 소교주님께서 가만두지 않으실……."

"소교주?"

진천이 소교주라는 단어를 입에 담자 흑명이 마천대주의 얼굴을 짓밟았다.

"어디서 감히 그런 망발을 내뱉느냐!"

입안에 흙을 가득 먹은 마천대주는 몸을 부들부들 떨었다. 이런 치욕은 태어나서 처음이었기 때문이다.

"곽사준이 날 조금이라도 즐겁게 해줬으면 좋겠군. 지금 것은 실망이었어."

진천이 그렇게 말하며 다시 마혈을 제압했다. 일렬로 가지

런히 누워 있는 마천대의 살수들을 바라보다가 미소 지었다. 눈빛에서 반항심을 읽을 수 있었다.

고독을 심기 전에 저들에게 공포를 가르쳐 주는 것도 나쁘지 않을 것 같았다.

"일단 분근착골부터 시작하지."

"존명!"

흑명이 살수들 모두에게 분근착골을 걸었다.

뼈가 뒤틀리는 소리가 들려왔다. 살수들은 비명을 지르려 했지만 그럴 수 없었다. 커다랗게 떠진 눈에서는 고통이 보였다.

그만해달라는 말을 하고 싶었지만 말이 나오지 않으니 진천에게 전해지지 않았다.

"상하지 않게 잘 조절하도록. 적어도 내일 아침까지는 멀쩡해야 하니까 말이지."

"존명!"

흑명은 주군을 욕보인 이 쓰레기들에게 최대한의 고통을 선사해 줄 것을 맹세했다. 살수들에게는 안타깝지만 밤은 길었다.

진천은 조용히 등을 돌려 오두막으로 들어갔다. 살수를 만나기 전에 느낀 따스한 기분을 유지하며 잠을 청했다.

다음 날 아침이 되자 진천은 항아리를 확인했다. 항아리 안에는 좁쌀만 한 알이 하나씩 놓여 있었다. 황금빛으로 반짝이는 그것은 꿈틀거리지 않는다면 결코 고독으로 보이지 않았다. 황금조각을 보는 것 같았다.

진천은 항아리에 있던 고독들을 하얀 천에 잘 싸고는 품에 넣었다.

진천은 항아리에 있는 고독을 진고독이라 이름 붙였다.

마교에서 아주 유용하게 쓰일 것들이었다.

'후에 천마지존을 꺾고 그를 수하로 만들어보는 것도 괜찮겠군.'

그의 의지가 꺾이지 않는다면 수라귀로 만들 생각이었다.

천마지존의 육체로 수라귀를 만든다면 엄청난 괴물이 탄생할 것이 분명했다. 아직 천마지존을 상대하기에는 부족했지만 천마신공을 얻게 된다면 길이 열릴 것 같았다.

진천이 오두막에서 나오자 흑명이 고개를 숙여 인사했다.

진천이 살수들을 바라보니 살수들은 필사적으로 눈을 굴렸다. 더 이상의 고통을 겪고 싶지 않아 당장에라도 진천에게 무릎을 꿇고 빌고 싶어 했다.

"아직 힘이 넘치는군."

진천은 피식 웃으며 마천대주에게 다가갔다. 마천대주가 말할 수 있게 해주자 마천대주는 다급히 입을 열었다.

"차, 차라리 죽여주십시오. 제발 부탁드립니다. 제발 죽여주십시오."

"누구 마음대로?"

"제, 제발 더, 더 이상은… 모, 모두 말하겠습니다. 그러니 제발……."

"뭘 말하겠다는 거지?"

진천이 마천대주를 보며 말하자 마천대주는 눈동자를 굴리다가 입을 떼었다.

"아, 암살을 명령한……."

"곽사준, 내 형님이지."

"제, 제가 증언하겠습니다."

"배신인가? 재미있군. 살수가 주인을 문다라……."

마천대주는 자신이 실수를 했음을 깨달았다.

진천의 다시 자신의 입을 막으려하자 그는 비명을 질렀다.

"아, 안 돼! 으아아악!"

"너는 제일 마지막이다."

그는 또다시 극도의 고통 속으로 빠져들었다. 그래도 화경으로 나아가는 길목에 있는 고수였기에 정신력은 강한 편이었다.

진천은 엄지손가락만 한 고독을 손에 들었다. 징그럽게 꿈틀거리는 고독을 본 순간 모든 살수들이 몸을 떨었다.

　"명예롭게 여겨라! 주군께서 은혜를 베풀어 너희들의 목숨을 도구로 쓰신다고 하셨다."

　흑명의 말이 그들의 귀에 똑똑히 박혀 들어갔다.

　진천은 살수 하나의 얼굴을 잡았다. 손에 힘을 주자 입이 벌어졌다.

　"으어어어어."

　입이 벌어지자 살수가 우는 소리를 내었다. 꿈틀거리는 고독이 눈앞에 와 있었기 때문이다.

　날카로운 칼날과도 같은 턱이 보였고 수십 개의 다리가 보였다. 마치 지네를 뭉쳐 놓은 것 같은 모습이었다.

　샤르르륵!

　고독이 진천의 손에서 살수의 얼굴로 이동했다. 수십 개의 다리가 내는 소리는 음산하기 그지없었다.

　살수의 이마에 떨어진 고독이 살수의 벌어진 입으로 기어갔다. 입가에서 맴돌다가 입안으로 들어갔다.

　"으어억!"

　고독은 입안에서 머물다가 바로 머릿속으로 직행했다. 살수의 눈이 돌아가며 입에 거품을 물었다.

　진천은 살수의 맥을 짚어 그의 상태를 살폈다. 고독이 살수의 머리에 잘 안착해 그의 정신을 조종하고 있었다.

잠시 뒤 살수가 천천히 자리에서 일어났다. 방금 전 비명을 지른 모습은 없었고 감정이 없는 인형과도 같은 표정이 되었다.

살수는 진천의 앞에 무릎을 꿇었다.

"주군을 뵙습니다."

"어떤가?"

"다시 태어난 기분입니다."

살수의 말에 진천은 만족스럽게 웃었다. 고독을 쓴다면 흑명처럼 기운을 불어넣지 않고 본연의 모습을 지키게 하면서 자신의 사람으로 만들 수 있던 것이다.

진천은 다음 살수를 바라보았다.

살수의 얼굴은 창백했다. 그 끔찍한 광경을 눈동자를 굴려 모두 보았기에 살수는 극도의 공포를 경험하고 있었다.

진천은 모든 살수에게 고독을 주입했다. 마지막에 마천대주를 끝으로 모든 살수가 진천의 앞에 무릎을 꿇었다.

진천은 마천대주를 보며 입을 떼었다.

"넌 이제부터 1호다."

"존명!"

"지금까지의 이름은 잊어라. 너희들을 부르는 번호가 너희 이름이다."

"존명!"

살수들의 외침이 주변을 울렸다. 이들은 이제 진천을 위해서라면 목숨을 아무렇지도 않게 바칠 것이다. 곽사준의 마천대를 고스란히 흡수한 진천이었다.

"너희는 이제부터 진살대(眞殺隊)다. 흑명, 이제부터 네가 진살대를 지휘한다."

"명을 따르겠습니다."

흑명은 감동에 겨워 눈시울을 붉히고 있었다.

"이대로는 살수라 부를 수 없다. 뼈를 깎는 노력을 해야 할 것이다."

"존명!"

그들의 표정에서 비장함이 느껴졌다. 이제 진천을 위한다는 목적으로 수단과 방법을 가리지 않으며 강해지려 노력할 것이다.

"흑명. 곽사준에게 내 소식을 알려라. 진고독을 써보고 싶군."

"예, 진살대가 알고 있는 세작을 이용해 곽사준에게 연락을 취하겠습니다."

"마교로 돌아가기 전에 내 세력을 만들 것이다."

그 세력은 곽문진을 죽이기 위해 곽사준이 보낸 자들이 될 것이다.

마교로 가는 길은 멀었다. 세력을 확보하기에 아주 좋은 기회였다.

*　　　*　　　*

마교 소마동.

곽사준은 서찰을 받고 몸을 부르르 떨었다. 도저히 믿을 수 없는 소식이 적혀 있었기 때문이다.

"마천대가 배신했다?"

마천대가 곽문진의 무위에 탄복하여 그 자리에서 무릎을 꿇고 새로운 주군을 섬길 것을 맹세했다고 적혀 있었다.

곽사준으로서는 기가 찰 노릇이었다.

마천대는 그가 가진 패 중에 최고라 부를 수는 없었지만 소규모 문파는 쓸어버릴 만한 힘을 지니고 있었다.

삼십의 절정 무인과 한 명의 화경에 근접한 무인으로 이루어졌기에 화경에 이르렀다고 하더라도 당해내기 힘든 수준이었다.

그랬기에 그런 마천대가 곽문진의 무공에 탄복하여 복종을 맹세했다는 말이 도저히 믿겨지지 않았다.

"이 말이 사실인가!"

"소, 송구합니다, 주군. 미리 알아본 결과 명명백백한 사실이옵니다."

"하, 하하하하하!"

곽사준이 갑자기 미친 듯이 웃기 시작했다. 그는 자신의 것을 빼앗기고 그냥 넘어갈 자가 아니었다. 이미 전쟁은 시작된 것이나 다름없었다.

"내가 너를 마교로 돌아오게 놔둘 것 같으냐."

곽사준의 눈이 번뜩였다.

마천대도 무리하게 움직인 것이었다. 다시 한 번 자신의 세력을 움직인다면 크게 눈에 띌 것이다. 그렇게 된다면 곽문진을 도와주는 꼴이었다.

'놈이 세작을 처단하지 않고 보낸 것은 그것을 유도하는 것이겠지. 감히 내 머리 위에서 놀려고 하는구나.'

곽사준의 얼굴이 마구 구겨졌다.

"그렇다면 네 소원대로 죽여주지."

자신의 세력을 움직일 수 없다면 다른 세력을 움직이면 되었다.

"마본궁(魔本宮)으로 갈 것이다."

"예, 기별을 넣겠사옵니다."

"어머니께 문안 인사를 드려야겠군."

곽사준은 그렇게 말하며 구겨진 얼굴을 풀고 미소를 지었다.

곽사준은 소마동에서 빠져나와 마본궁으로 향했다. 그가 지나갈 때마다 마교인들이 그에게 극진한 예로 인사했다.

마교는 곧 자신의 것이 될 테니 당연한 것이었다. 곽사준은 마본궁 앞에 도착했다.

마본궁은 굉장히 화려하고 높았다. 천마궁이 이보다 더 화려했지만 마본궁은 마본궁만의 매력이 있었다.

마본궁에 있던 많은 여인이 곽사준을 보자마자 깊숙이 고개를 숙이며 물러났다.

그들 모두 그녀의 어머니인 마본천녀(摩本天女)를 따르는 여인들이었다. 하나같이 모두 아름다웠고 색기가 넘쳤다. 그러나 저 아름다움에는 비수가 숨겨져 있었다. 그녀들의 달콤함에 취했다가는 심장을 내주어야 했다.

마본궁 앞에 잠시 서 있자 문이 열리며 아름다운 여인 하나가 모습을 드러냈다. 그녀는 고개를 깊게 숙이고는 우아한 몸짓으로 안을 가리켰다.

"안으로 드시지요."

여인의 안내에 따라 안으로 들어갔다. 신기하게도 마본궁 안은 안개가 자욱하게 깔려 있었다. 이곳에서 자칫 길이라도 잃었다가는 정기가 모두 빨려 죽음을 맞이할 것이다.

천마지존만이 자유롭게 마본궁 안을 출입할 수 있었다.

여인의 뒤를 한참 따라가자 거대한 궁궐이 모습을 드러냈다. 밖에서 보던 것보다 훨씬 그 규모가 컸다. 문을 지키고 있던 여인들이 우아한 몸짓으로 문을 열어주었다.

"여기서 기다리거라."

"존명!"

곽사준의 호위 무사는 안으로 들어갈 수 없었다.

안으로 들어가자 향긋한 향기가 진동했다. 거대한 의자에 반쯤 누워 있는 마본천녀의 모습이 보였다.

그녀는 곽사준과 동갑이라고 해도 믿을 만큼 젊어 보였다. 그리고 굉장히 아름다웠다. 미녀가 많은 이 마본궁에서도 가히 독보적인 미모였다.

"어서 오거라."

"어머니."

"곧 소교주가 될 몸이니 후사를 봐야 하지 않겠느냐? 이곳에서 골라보거라."

곽사준은 그녀의 말에 빙긋 웃었다.

곽사준이 가까이 다가가자 마본천녀가 자리에서 일어나 곽사준을 끌어안았다.

"무슨 고민이라도 있는 게냐? 얼굴이 말이 아니구나."

"실은 그것 때문에 왔습니다."

"호오, 말해보거라."

곽사준은 마천대에 있었던 일을 설명하기 시작했다. 곽사준에게 있어서 마본천녀는 가장 소중한 사람이었다. 그가 여기까지 올 수 있게 도와준 것이 바로 마본천녀였다.

"그 천한 아이가 그런 힘을 지니고 있었다고?"

"그렇습니다."

"무언가 있는 게로군. 알겠다. 내가 월영쌍희를 보내도록 하겠다."

"월영쌍희! 어머니, 그렇게까지는 하지 않으셔도 됩니다."

마본천녀는 고개를 저었다.

"네 일인데 대충할 수는 없지. 게다가 마천대를 굴복시킬 정도의 실력이 사실이라면 월영쌍희(月影雙姬) 정도는 되어야 한다."

"감사합니다."

"너는 소교주가 될 준비만 하거라. 이미 마교의 원로들은 다 너를 지목하고 있으니 말이야."

"하지만 아버지께서……."

"아직도 그 천한 년에게 미련이 남아 있는 게지. 곧 정리되실 것이다."

곽사준은 웃으며 고개를 끄덕였다. 월영쌍희가 움직인다면 곽문진이 아무리 발버둥 친다고 해도 죽음을 면치 못할 것이다. 게다가 월영쌍희는 굉장히 은밀해서 들킬 염려도 없었다.

'처음부터 이랬어야 했다. 나답지 않게 흥분했군.'

곽문진과 관련된 일이었기에 그랬다.

평소의 냉정한 자신으로 돌아오자 곽사준은 마음이 안정되는 것을 느꼈다.

곽사준은 마본천녀와 담소를 나누며 즐거운 시간을 보냈다.

*   *   *

진천은 마교에서 움직임이 있거나 말거나 상관하지 않으며 마교로 향했다.

진천의 곁에는 사십이 넘는 진살대가 말을 타고 따르고 있었다. 그들은 복장을 달리했는데 상당히 고급스러운 무복을 입고 있어 명문가의 호위 무사처럼 보였다.

진천은 마차를 타고 이동하는 중이었다. 흑명이 지닌 은자는 꽤나 많았고 진천 역시 제법 많이 들고 왔다. 진살대가 자진 반납한 은자도 상당했다.

말과 마차를 구입하고도 남을 정도였다.

경공으로 간다면 마교에 더 빠르게 도착할 수 있을 테지만 세력도 흡수할 겸 마차를 타고 이동하고 있었다.

그는 마교의 지부가 있는 곳으로 찾아가 주요 인물들을 수하로 만들었다. 그런 방식으로 점령한 지부가 두 곳이었다. 무척이나 순조로웠다.

"지루해 보이시는군요."

"마교도 별거 없군. 실망이야."

"허허, 본교에 들어가시게 되면 다르실 겁니다. 수많은 고수가 지천에 깔려 있지요. 그들이 즐겁게 해드릴 겁니다."

"부디 그랬으면 하는군."

고수라고 해보았자 자신의 상대가 될 수 있는 자는 몇 없을 것이다.

진천은 그렇게 자신했다. 수라역천신공을 쓴다면 최소한 죽지는 않을 것이다. 문제는 마교를 장악할 때까지 혈마신공 정도로 버텨야 한다는 점이었지만 말이다.

마차가 멈추었다.

진천은 흑명과 함께 마차에서 내렸다.

"도착했습니다."

"작은 촌락이군."

"예, 촌락으로 위장한 정보 수집소입니다. 이 근방의 모든 정보가 이리로 모인다고 해도 과언이 아니지요. 곽사준에게 줄을 대고 있습니다."

진천은 평화로운 촌락의 전경을 바라보았다. 누가 보더라도 어디에나 있을 법한 촌락이었다.

항아리를 머리에 얹고 가는 아낙네가 보였고 밭을 갈고 있는 노인들이 있었다. 범인을 흉내 내고 있지만 저들은 모두 마공을 익힌 마교인이었다. 진천은 그들을 본 순간 그것을 단번에 알 수 있었다.

"여기서 기다려라."

"존명!"

진천이 촌락을 향해 나아가자 진살대가 양옆으로 비켜섰다.

진천은 촌락 안으로 들어섰다. 촌락의 사람들이 모두 진천을 바라보았다. 그들은 진천의 정체를 알아차렸다. 정보를 담당하는 곳에서 곽문진의 모습을 모를 리가 없었다. 그들은 바쁘게 움직이기 시작했다.

곽사준에게 붙은 자들답게 흉흉한 안광으로 그를 노려보았다.

"여긴 무슨 일이시오."

"버릇이 없군."

진천이 손을 휘젓자 정면에 있던 노인이 크게 날아가 바닥에 쓰러졌다. 입과 코에서 피가 뿜어져 나오고 있었다. 그 모습에 모두 무기를 꺼내 들었다.

"내가 누구인지 모르나?"

진천이 손을 다시 휘저었다. 그러자 옆에 있던 청년이 피를 토하며 바닥에 쓰러졌다.

촌락의 촌장이 진천에게 다가왔다. 그는 상당한 수준의 무공을 지니고 있었다.

"마교 밖에서의 경합은 금지되어 있습니다. 이런 식으로 나오신다면 저희도 어쩔 수 없습니다."

"곽사준을 믿고 날뛰는 건가?"

"아닙니다. 마교의 규율 때문입니다."

진천은 피식 웃었다.

"소교주가 될지도 모르는 이 몸에게 살기를 내뿜었다. 마교의 규율로 어찌 처벌하지?"

촌장이 침을 꿀꺽 삼켰다. 병색이 만연한 것이 분명한 사실이었는데 지금의 곽문진은 전혀 다른 사람 같았다.

촌장은 곽문진이 세력을 흡수해 나가고 있는 것을 알고 있었다. 그렇기에 함정을 팠다.

그가 홀로 촌락으로 걸어들어 왔을 때가 기회라 생각했다. 곽문진을 방심시켜 없애려고 했지만 곽문진이 선수를 친 것이다.

촌장은 진천의 뒤에 있는 진살대를 바라보았다.

마교의 지부와 저들을 손에 넣은 것이 결코 요행이 아니었다.

여러 복잡한 생각이 촌장의 눈동자에 비쳤다.

"생각이 많은 놈은 정보를 맡을 자격이 없다. 그냥 죽어라."

진천의 손에서 붉은 강기가 떠올랐다. 흐르는 피와도 같이 보이는 그것은 혈마강기였다.

"혀, 혈마강기!"

촌장이 화들짝 놀라며 주춤 물러났다.

혈마신공을 익히고 미치광이가 되어 혈마강기를 쓰다 죽은 자를 본 적이 있는 촌장이었다. 그럴 때마다 마교에 꽤나 많은 피해를 입혔다.

그런데 진천이 그 막강한 혈마강기를 아무렇지도 않게 쓰고 있었다.

진천이 손을 휘젓자 혈마강기가 뿜어져 나가며 촌장의 육체를 갈라 버렸다.

혈마강기는 그 이름답게 촌장의 피를 모조리 증발시키며 주변에 빨간 수증기를 만들어냈다.

"두 번째 책임자는 누구지?"

중년의 남자가 주춤거리며 앞으로 나왔다.

"저, 접니다."

"다시 묻지. 내가 누군지 아나?"

"대천마지존의 지엄한 피를 이으신 소마(小魔)님이십니다."

그렇게 말하며 무릎을 꿇었다.

소마는 교주의 자식을 의미하는 마교의 단어였다. 그가 무릎을 꿇자 주변에 있던 마교인들도 무릎을 꿇고 고개를 조아렸다.

진천은 그제야 만족스러운 눈으로 중년의 남자를 바라보았다.

"맞춰 보거라. 내가 무슨 말을 할지."

"저희를 휘하에 거두시려 오신 것이 아니십니까?"

"그리하겠느냐?"

중년의 남자는 고개를 더욱 숙였다.

"송구합니다."

"그렇군."

중년의 남자는 침을 꿀꺽 삼켰다. 하지만 진천은 등을 돌렸다. 그리고 촌락에서 밖으로 나가기 시작했다. 마교인들은 병찐 표정으로 진천을 바라보았다.

그들을 강제로 거둘 수 있었지만 진천은 그렇게 하지 않았다. 혈마신공을 보여주었으니 그것을 곽사준에게 전달할 것이다.

진천은 곽사준이 더욱더 자신을 경계하기를 원했다. 그래야 그가 가진 모든 패가 드러나기 때문이다.

진천은 다시 마차로 다가갔다.

"생각보다 곽사준의 반응이 늦은 것 같습니다."

"마교로 들어가기 전에 좋은 패를 얻으려 했건만……."

진천은 옆을 바라보았다. 그곳은 아무도 없는 숲이었다. 진천은 피식 웃고는 흑명을 바라보았다.

"왔군. 이곳에서 대기하도록."

"존명!"

흑명도 숲에서 풍기는 살기를 눈치챘다.

진천은 산책을 하듯 여유롭게 숲을 거닐었다. 살기를 쫓아 한동안 그렇게 걷자 넓은 들판이 모습을 드러냈다.

죽은 갈대가 바닥에 깔려 있었고 그곳에는 복면을 쓴 두 명의 여인이 서 있었다.

각각 손에 구절편과 도끼를 들고 있었다.

진천은 그녀들을 바라보다가 작게 웃으며 입을 뗴었다.

"뭐하는 년들이냐."

"버르장머리가 없구나."

"그 목을 잘라 예의범절을 머릿속에 새겨주겠다."

그녀들의 반응은 거칠었다. 아름다운 얼굴을 일그러뜨리며 진천을 벌레 보는 듯한 시선으로 바라보았다.

"곽사준의 수하인가?"

"그런 애송이의 명령을 따를 것 같으냐! 우리는 마본천녀님의 월영쌍희이다."

"호오, 마본천녀라 곽사준의 어미라지?"

진천이 홍미를 가지며 묻자 그녀들은 더욱 진한 살기를 내뿜었다.

"함부로 그분을 입에 담지 마라! 천한 것."

"천출 주제에."

진천은 그녀들의 말에 피식 웃었다.

"마교에도 천출이 있나? 오로지 강자지존이 아닌가."

"천한 피를 타고 태어난 놈은 약한 법이다."

"하하하하."

진천은 크게 소리 내어 웃었다. 진천이 웃자 당황한 것은 월영쌍희였다.

"그렇다면 네년들도 천한 피겠군."

"뭐라?"

"감히 어디서 그런 망발을! 셋째 소마라고 우리가 살려줄 것 같느냐!"

진천은 고개를 저었다.

"무기를 들고 내 앞에 왔으니 나를 죽이려고 왔겠지. 어디 한번 해보거라."

진천은 월영쌍희를 바라보며 웃음을 지웠다.

그가 웃음을 지우자 월영쌍희의 표정 역시 굳어갔다. 진천이 내뿜고 있는 기세는 그녀들을 긴장하게 만들었다.

마교에서 월영쌍희의 협공을 받아 견딜 수 있는 자는 열 손가락 안에 꼽혔다. 그렇기에 월영쌍희는 자존심이 상했다. 저런 애송이가 자신들을 긴장시키다니!

진천은 그런 그녀들의 표정을 보며 입을 떼었다.

"너희들은 내 것이다. 나에게 무릎을 꿇고 나를 위해 죽을 것이다."

"드디어 실성했군! 오냐, 금방 죽여주마!"

월영쌍희가 무기를 들고 진천에게 겨누었다. 구절편에는 월이라 새겨져 있었고 도끼에는 영이라 양각되어 있었다. 그녀들의 이름인 것 같았다.

진천은 가볍게 손을 들어 보였다. 그러자 혈마강기가 치솟으며 월영쌍희를 놀라게 했다.

"혀, 혈마강기!"

"네놈이 혈마신공을 익혔구나."

월이 구절편을 휘둘렀다. 아홉 개의 절편에 강기가 치솟으며 진천을 향해 채찍이 되어 휘어져 왔다. 마치 지네처럼 움직이며 진천의 사지를 잘라 버리려 하고 있는 것이다.

영도 그 흐름에 맞춰 도끼를 휘둘렀다. 강기가 뻗어나가며 진천의 육체를 가르려 했다.

콰가가가!

대지가 박살 났다.

그곳에 진천의 모습은 이미 사라지고 없었다.

영의 뒤에서 나타난 진천이 가볍게 손을 휘두르자 영은 도끼를 들며 간신히 막았다.

"크읏!"

영의 몸이 공중에 붕 떠 날아가다가 간신히 바닥에 착지했다.

"이렇게도 되더군."

진천이 혈마강기를 무차별적으로 뿜어냈다.

수많은 강기 다발이 진천에게서 뿜어져 나가며 월과 영을 향해 쏟아져 내렸다. 월은 구절편을 휘둘러 간신히 강기 다발을 상쇄해 나가고 있었다. 영 역시 그러했다.

하지만 혈마신공의 무서운 점은 파괴력뿐만이 아니었다.

"크읏!!"

작은 상처가 나며 피가 흐르자 갑작스럽게 피가 더욱 크게 터져 나오며 상처가 벌어졌다. 월은 당황하며 점혈로 피가 흐르는 것을 막았다.

혈마신공의 강점은 피에 진기가 스며든다는 점이었다. 진기가 스며들게 되면 그 진기를 폭발시킬 수 있었다. 진천의 기준에서는 잔기술에 속했지만 상당히 마음에 드는 묘리였다.

"크윽, 설마 혈마지체를 이루었을 줄이야. 소실된 방법을 어찌 찾은거지?"

진천은 월의 말에 피식 웃을 뿐이었다.

"월 언니."

"그래."

월과 영의 기세가 달라졌다. 전신 내력을 전력으로 발산하는 것이 느껴졌다.

그녀들의 경지는 흑명과 비슷했다. 하나 합공에 특화되어 있어 그녀 둘을 상대로 싸운다면 흑명은 백초지적도 안 될 것이다.

그런 무시무시한 합공의 진면모가 드러나려 하고 있는 것이다.

진천은 팔짱을 끼며 감상하듯 그녀들을 바라보았다.

"혈마지체를 이루었다고 자만하는구나!"

"건방진 놈!"

월과 영의 모습이 얽히며 주변으로 녹아들었다.

구절편과 도끼의 초식이 교묘하게 섞이며 진천을 압박해 왔다. 마치 지네가 거대한 턱으로 물어뜯는 것 같이 보였다.

사방팔방을 구절편의 강기들이 가득 들어차 있었고 그 틈마다 도끼가 휘둘러졌다.

진천은 혈마강기를 유지하며 쏟아져 내리는 강기들을 모조리 튕겨냈다. 그 모습이 너무나 빨라 월과 영이 움직임을 놓칠 정도였다.

휘이이익!

진천이 강하게 주먹을 앞으로 뻗자 월과 영이 양옆으로 크게 튕겨 나갔다.

그녀들은 빠르게 자세를 정비하며 진천을 노려보았다.

"쓸 만하군."

월과 영의 눈에는 진천을 경시하는 마음은 없었다. 전력을 다한 공격을 너무나 가볍게 막는 모습은 천마지존의 모습까지 투영되고 있었다.

"그럴 리가 없다. 그럴 리가!"

"사술이 분명하다!"

월과 영의 말에 진천은 소리 내어 웃었다.

"사술은 조금 있다가 보여주도록 하지."

진천은 바닥에 떨어져 있는 마른 나뭇가지 하나를 들었다. 나뭇가지를 손에 잡자 황금빛 검강이 치솟아 올랐다.

"무슨!"

혈마신공이 아닌 다른 무공을 쓰는 모습에 둘은 경악했다.

진천은 그런 월영쌍희가 침착함을 되찾을 때까지 기다려 주지 않았다.

"그만 끝내지."

진천의 손이 휘둘러졌다. 황금빛이 사방으로 뿜어져 나가더니 둘의 손에 들려 있던 구절편과 도끼가 산산조각 나 바닥에 떨어졌다.

월과 영의 얼굴이 창백하게 질렸다.

잠시 느껴본 그 기운은 도저히 사람이 지닐 만한 것이 아니었다. 너무나 거대하고 따스했으며 사악하고 잔인했다. 둘은 바닥에 털썩 하고 주저앉았다. 그녀들의 몸이 덜덜 떨리고 있었다.

진천이 그녀들에게 다가갔다. 그녀들은 반항할 생각조차 못하며 진천을 올려다보았다.

"주… 죽여라."

"……."

월과 영은 두 눈을 질끈 감았다.

죽음이 자신들을 기다리고 있다고 착각하고 있는 것이다. 하지만 진천이 자신의 마혈을 짚자 둘의 눈이 크게 떠졌다.

점혈에 의해 온몸이 마비되어 오로지 두 눈만 움직일 수 있었다.

"내가 말했지."

진천의 음산한 미소가 입가에 그려졌다.

월과 영은 그 미소를 본 순간 섬뜩한 공포를 느꼈다. 현경에 이르러 완전히 버렸다고 자부하던 그 감정이 다시 느껴지는 것이다.

월과 영의 눈시울이 촉촉해졌다.

"내게 무릎 꿇고 나를 위해 죽게 할 거라고."

진천은 품에서 진고독을 꺼냈다.

좁쌀만 했던 고독이 진천의 품에서 더욱 자라 엄지손가락보다 더 커졌다. 꿈틀거리는 끔찍한 형태의 진고독을 보는 순간 월과 영이 눈에서 눈물이 뚝뚝 흘러내렸다.

진천이 진고독을 둘의 곁에 떨어뜨리자 진고독은 그녀들의 몸을 타고가 얼굴 위로 올라갔다.

벌어진 입으로 순식간에 빨려 들어갔다.

"우욱!"

"우우욱!"

몸부림치려 했지만 움직일 수 없었다. 그저 굳은 채로 온몸이 박살 나는 듯한 고통을 맛봐야 했다. 진천은 진고독의 움직임을 관찰했다.

"꽤 버티는군."

몸을 부들부들 떨어가며 계속해서 진고독에 대항하고 있었다.

고독이 좀처럼 움직이지 못하고 발이 묶여 있는 형국이었다. 점차 밀어내는 것으로 보아 이대로 가다가는 진고독이 터져 죽거나 밖으로 빠져나올 것 같았다.

"진고독 자체로는 무리인가."

진천은 고개를 끄덕이며 둘의 머리에 두 손을 올렸다

수라역천신공을 운용하며 혼기를 발산하자 둘의 저항이 급속도로 무너져 내렸다.

진고독 주위를 둘러싸고 있던 둘의 내기가 혼기에 의해 잡아먹히며 사라지자 고독은 수월하게 머릿속으로 진격할 수 있었다.

둘의 고개가 폭 숙여졌다. 진고독이 혼백을 꿰뚫는 고통에 혼절한 것이다.

"깨어나 봐야 결과를 알겠군."

진천은 그녀들을 양쪽에 들고는 들판을 지나 숲을 빠져나왔다.

마차 앞에서 기다리고 있던 흑명이 진천의 앞으로 달려와 진천이 들고 있는 월영쌍희를 받아 들었다.

"월영쌍희……! 마본천녀의 제자들이……!"

"제법 쓸 만하더군."

"예, 대단한 자들입니다. 그녀들을 제압한 것입니까?"

"아직 결과는 모른다."

죽거나, 수족이 되거나. 둘 중에 하나였다.

"마차에 태워라. 상태를 관찰하고 싶군."

"존명!"

흑명은 진천의 명에 따라 그녀들을 마차에 넣었다.

흑명과 함께 마차에 오른 진천은 부드러운 미소를 그렸다.

"곽사준이 좋은 선물을 해주었군."

"당분간 조용할 것 같습니다."

"그렇겠지."

마교에서 월영쌍희가 갖는 위치가 그럭저럭 높은 모양이었다.

월영쌍희마저 당한 것을 알게 된다면 곽사준은 자중할 수밖에 없었다. 월영쌍희를 보낸 마본천녀도 쉽게 다음 수를 생각하지 못할 것이다. 마교의 율법을 어겨가며 보낸 것이기 때문이다.

천마지존의 귀에 들어가게 된다면 큰 형벌까지는 아니지만 입지가 좁아질 수 있는 사안이었다.

진천은 그저 가만히 앉아서 떡을 받아먹은 셈이다.

진천은 월영쌍희의 모습을 살펴보았다. 그녀들의 머릿속에 자리 잡고 있었다.

"음?"

그녀들의 내부를 관조하던 진천은 진고독이 점차 녹아내리자 인상을 찌푸렸다. 실패한 것 같았기 때문이다.

'어떻게 진고독을 제압한 거지?'

그녀들은 자력으로 진고독을 제압할 수 없었다. 그것만은 확실했다.

진천은 좀 더 자세히 그녀들을 살펴보았다. 그러자 녹아 없어진 줄 알았던 진고독이 그녀의 뇌와 하나가 되었음을 발견했다.

진고독이 그녀들에게 완벽히 섞여 버린 것이다. 예상외의 결과였다.

"뱀의 독을 쓴 것이 이런 결과를 만들어내는군."

아직 결과는 몰랐다. 월영쌍희가 의식을 찾을 때까지 지켜봐야 했다.

제11장
소마(小魔) 곽문진

예상대로 더 이상 습격해 오는 무리는 존재하지 않았다.

월영쌍희가 제압되었다는 소식이 이미 곽사준과 마본천녀의 귀에 들어간 것이다. 그리고 곽문진이 혈마신공을 익혀 혈마지체에 올랐다는 사실 또한 전해졌을 것이다.

이러한 이유로 마교로 가는 길은 너무나 평탄했다.

곽사준은 진천이 마교로 가는 것을 막을 수 없었다.

진천은 더 강한 고수를 보내 공격을 해주었으면 했지만 곽사준은 그렇게 하지 않았다.

월영쌍희는 진고독과 융화된 후 사흘 만에 깨어났다.

그녀들은 마본천녀를 따랐던 과거의 자신을 깊게 후회하며 눈물로 하루를 보내고 다음 날 진천의 앞에 무릎을 꿇고 평생 받들어 모실 것을 맹세했다.

그녀들의 머릿속에는 이미 진고독의 존재를 찾아볼 수 없었으나 그녀들의 혼백 깊은 곳에 진천이 각인된 것이었다.

진천은 진고독이 마음에 들었다. 고독이 유실될 염려가 없었기 때문이다. 게다가 자신이 도와줘야 하기는 하지만 현경의 고수도 제압할 수 있으니 이보다 더 좋은 것은 없었다.

'그 뱀 때문이겠지.'

월영쌍희를 제압할 수 있었던 것은 그 뱀의 도움이 컸다. 다시는 만들어내지 못할 수도 있기에 아껴 써야 했다.

진천은 중요한 인물들을 집중적으로 장악할 생각이었다.

"주군, 저희를 용서치 마세요."

"주군과 감히 같은 자리에 동석을 하다니! 저, 저희가 짐칸으로 가겠어요."

마차의 자리를 차지하고 있는 월영쌍희가 그렇게 말했다. 진천은 고개를 저었다. 딱히 불편한 점은 없었기 때문이다. 저런 과한 반응이 불편하기는 했지만 익숙해지니 그것도 나름 괜찮았다.

"괜찮다."

"흐흑, 하해와 같으신 자비에 몸들 바를 모르겠사옵니다."

"황송하옵니다."

진천이 말 한마디만 해도 저렇게 감동했다. 흑명은 그것을
보고 흡족하게 웃을 뿐이었다.

진천은 월영쌍희를 바라보며 입을 떼었다.

"마교로 돌아가서 제일 먼저 흡수해야 할 세력이 어디라 생
각하나?"

"아무래도 마본천녀의 세력을 가장 빨리 흡수하는 것이 좋
을 것 같아요. 그녀가 이끄는 여인들은 마교의 사내들을 은연
중에 장악하고 있거든요."

"재미있군."

진천은 월의 말에 흥미가 생겼다. 여인의 치마폭으로 마교
의 고수들을 장악했다는 말이었으니 말이다.

"천마지존은 그걸 가만히 보고 있나?"

"마교인은 천마지존의 명령에 절대적으로 따라야 해요. 그
것은 파벌이나 세력과는 관계없지요. 따라서 마교의 모든 것
은 천마지존의 것이에요. 그런 천마지존조차 대대로 내려오는
몇 가지 율법을 지켜야 하기는 하지만요."

월이 차분하게 설명해 주었다. 영도 무언가 말하고 싶어 했
지만 생각나는 것이 없는 모양이었다.

"마본천녀의 세력을 흡수하신 뒤에 천천히 생각해 보심이
좋을 듯싶습니다. 천마지존이라는 변수가 있으니 조심스럽게

움직이셔야 합니다."

진천은 흑명의 말에 고개를 끄덕였다.

천마지존은 변수였다. 진천이 무림맹주를 경계했던 것처럼 천마지존을 경계해야 했다. 그 둘은 무림 역사상 찾아볼 수 없을 정도로 높은 경지에 오른 절대자였다. 자신 역시 그들과 같은 선상에 오르려 하고 있기는 하나 아직은 미숙했다.

진천은 앞으로의 일을 생각하며 십만대산에 위치했다고 알려진 마교의 입구에 도달할 수 있었다.

무림맹조차 마교의 위치를 모르고 있었다. 대략 어디쯤인 것은 알고 있었지만 어디로 들어가야 나오는지 밝혀낼 수 없었다. 그만큼 마교는 비밀에 싸인 집단이었다.

하늘에 닿을 듯 깎인 거대한 절벽이 보였다. 그곳으로 흐르는 폭포수가 무지개를 만들며 바닥에 꽂히고 있었다.

신기하게도 바닥에는 물이 고이지 않고 있었다. 모두 바위 틈으로 흘러가 어딘가로 사라졌다.

진천의 마차와 진살대가 절벽으로 진입하자 땅속에서 올라온 검은 무리들이 막아섰다.

"정체를 밝혀라!"

내공이 실린 목소리가 울려 퍼졌다. 흑명이 마차에서 내리자 흑명을 알아본 검은 무리가 무기를 거두며 고개를 숙였다.

"지금 지엄하신 소마님께서 마차에 계시다. 더 이상의 소란은 용서치 않겠다."

흑명이 그렇게 말하자 검은 무리가 다시 땅속으로 사라졌다.

절벽 사이사이에 있던 기척들도 모습을 감추었다. 이곳을 발견한 자들은 마교 안으로 들어가거나 죽어 사라지거나 둘 중에 하나였다.

흑명이 출발을 지시하자 마차와 진살대가 절벽을 향해 달려갔다. 폭포를 가볍게 뚫고 지나가자 뚫려 있는 하늘이 모습을 드러냈다.

이곳은 거대한 절벽이 사방을 감싸고 있는 분지였다. 그리고 그 넓은 분지 안에 무림맹에 뒤처지지 않는 건물들이 세워져 있었다.

진천은 마차 밖을 바라보며 고개를 끄덕였다.

'과연 무림맹과 견줄 만하군.'

진천의 마차는 곽문진이 본래 기거하던 건물로 이동했다. 소마동은 곽사준이 차지하고 있어 들어갈 수 없었고 그것과 조금 거리를 둔 낡은 가옥이었다. 낡은 것만 빼면 꽤나 넓은 부지를 차지하고 있었는데 천마지존이 직접 내려준 가옥이었고 과거 곽문진의 어머니와 같이 살던 곳이기도 했다.

잘 닦인 도로를 지나 가옥의 앞에 도착했다.

진천은 마차에 내려 절벽과 잘 어울리는 가옥을 바라보았다. 나름 운치가 있었다.

진천은 뒷짐을 지며 가옥을 바라보다가 느껴지는 기척에 고개를 돌렸다. 저 멀리서 많은 이를 이끌고 누군가가 다가오고 있었다. 진천은 씨익 웃었다. 딱 봐도 누군지 알 수 있었기 때문이다.

진천의 뒤로 진살대가 섰고 월영쌍희와 흑명이 진천의 옆에 섰다.

진천의 앞까지 온 곽사준은 진천을 노려보았다. 진살대의 모습을 본 순간 그의 주먹이 부르르 떨렸다. 진천인 입꼬리를 말아 올렸다.

"형님께서 저에게 마천대를 선물해 주셨으니 무언가 드려야 할 텐데… 죄송하지만 앞으로 드릴 것이 고통 밖에 없군요."

"감히 천한 것이 어디서……!"

스릉!

월영쌍희가 검을 뽑아 들었다. 박살 난 무기 대신 임시로 검을 쓰고 있었다. 현경의 고수였기에 검을 쓰더라도 능히 저들을 상대하고도 남았다.

곽사준이 몸을 부르르 떨며 입을 닫았다. 진천은 더욱 진한 미소를 그렸다.

"마본천녀님께 감사 인사를 드리고 싶군요. 월영쌍희, 아주 잘 받았다고 말입니다."

"네놈, 무슨 수작을 부린 게냐!"

"혈마신공."

진천이 혈마신공을 언급하자 곽사준의 눈이 크게 떠졌다.

"혈마신공 덕분에 저는 죽음에서 살아왔습니다. 이미 혈마지체를 완성하여 대성을 앞두고 있지요. 제가 소교주가 되어 천마신공을 이어받는다면 어찌 되겠습니까?"

곽사준은 아무 말도 할 수 없었다.

천마신공과 혈마신공은 본래 하나라는 설이 내려오고 있었다. 초대 천마지존이 그 위력을 두려워해 둘로 나누었다는 설이 있는데 그 실체는 아무도 몰랐다.

여러 천마지존이 혈마신공을 익히려 했지만 광인으로 변해 그때마다 무림에 피바다가 불었을 뿐이었다.

"그것을 완성하겠다고 말하니 모두 충성을 맹세하더군요."

"네놈이 혈마지체를 이루었을 리가 없다! 그건 불가능한 무공이다!"

진천은 손을 들었다. 진천의 손에서 혈마강기가 뿜어져 나오자 곽사준과 그 주위에 있단 부하들이 경악했다.

"혀, 혈마강기다!"

"완벽한 혈마강기를 실제로 보다니!"

"기적이야!"

곽사준의 부하들마저 그렇게 외치며 흥분했다.

곽사준은 진천의 콧대를 꺾기 위해 직접 왔건만 오히려 자신이 위축되자 분노에 얼굴을 일그러뜨렸다.

"기억하거라. 소교주가 될 자는 나다. 너는 내 손에 죽을 것이다."

"맹세하건대 형님은 가장 처참한 최후를 맞이하게 될 겁니다. 상상조차 할 수 없는 그런 최후 말입니다."

곽사준과 진천의 눈빛이 부딪혔다. 곽사준은 이를 악물며 등을 돌렸다. 진천과 그의 수족들 모두가 곽사준을 비웃었다. 그들 모두 곽사준의 최후를 기대하고 있었다.

"들어가도록 하지."

진천은 가벼운 걸음으로 가옥 안으로 들어섰다. 이곳을 중심으로 세력을 장악하여 소교주의 신분을 얻을 생각이었다.

"마교……."

마교로 들어왔다는 말은 이제 목숨을 건 경합에 참여한다는 말이었다. 언제든 상대의 목숨을 노려도 되었고 죽여도 상관없었다. 그것이 마교의 율법이었다.

어떤 수를 써서라도 살아남는 소마만이 후계자가 되는 것이다. 주변의 모든 것을 이용해도 상관없었다. 누구를 매수해도 상관없었다.

다만 마교서열 10위까지는 중립을 지켜야 했다. 하지만 말이 중립이지 은근히 뒤에서 곽사준을 밀어주고 있었다.

마교의 대부분의 세력을 등에 업은 곽사준과는 다르게 진천은 진살대, 월영쌍희, 그리고 흑명 뿐이었다. 하지만 자신이 질 거라는 생각은 단 한 번도 해본 적이 없었다.

'소교주가 된 후가 본격적인 시작이겠군.'

소교주가 되는 것은 그리 어렵지 않을 것이다. 진천은 웃으면서 조용히 자신을 위한 방으로 들어갔다.

*　　　　*　　　　*

마교에서의 생활은 제법 흥미진진했다.

곽사준과 그의 세력에서는 진천을 제대로 파악하기 위해 끊임없이 살수들을 보냈다.

진천에게 도달하기도 전에 월영쌍희가 처리했지만 상당히 집요하게 공격을 해왔다.

세작을 심어 음식에 독을 타기도 했고 뒷간의 똥통에 숨어 있기도 했다.

미인계를 쓰거나 재물로 유혹해 오는 등 상당히 다양한 방법을 쓰며 진천을 흥미롭게 만들었다.

위기감을 느낀 곽사준은 세력을 확장하는 것에 몰두했지만 진천은 아무런 행동도 하지 않았다. 곽사준이 만들어놓은 세력을 뺏으면 그만이었다.

진천이 아무런 행동도 취하지 않자 답답한 것은 곽사준이었다.

　들리는 소문에 의하면 곽사준의 성격이 날이 갈수록 포악해지고 있다고 한다. 하녀를 벌써 열 명도 넘게 죽였다고 하니 그 성질머리는 정말 대단했다.

　"주군."

　흑명이 방 안에 나타나며 부복했다.

　진천은 붓글씨를 쓰는 것을 멈추고 흑명을 바라보았다.

　"무슨 일이냐."

　"마본천녀가 드디어 움직였습니다. 곧 사람이 올 것입니다."

　"천마지존이 폐관을 깨고 나오기 전에 승부를 보려는 모양이군."

　율법을 어긴 것은 쉬쉬하면 그만이었다. 천마지존이 나오기 전에 진천을 죽이고 일을 묻을 생각인 것 같았다.

　"월영쌍희의 역할이 컸습니다."

　"천마지존은 원리 원칙을 중히 여긴다니 월영쌍희가 날 노린 것을 알면 아내라 할지라도 벌을 주겠지."

　"선대 천마지존이 정해준 짝으로 그 둘의 애정은 깊지 않습니다."

　오히려 첩인 곽문진의 어미를 더 총애했다고 한다. 정말이지 대단한 집안이었다.

진천은 자리에서 일어나 마당으로 나갔다. 진천이 막 마당에 도착했을 때 문 너머로 기척이 느껴졌다. 진천이 손짓하자 진살대가 문을 열어주었다.

　아름다운 여인이 진천을 향해 다소곳하게 인사했다. 그러고는 월영쌍희를 표독스럽게 바라보다가 바로 표정을 지웠다.

　"마본천녀께서 부르십니다."

　"내가 부른다고 가야 하나?"

　"어서… 네?"

　여인의 얼굴이 당황으로 물들었다.

　"월영쌍희를 보내 나를 죽이려 했던 여자인데 내가 가야 하냐고 물었다."

　진천의 기세가 그녀를 압박했다. 그녀의 얼굴이 창백해지며 몸이 파르르 떨렸다.

　"오해가 있으십니다."

　"오해라… 확실한가?"

　진천의 곁에서 월영쌍희가 그녀를 바라보고 있었다.

　그녀는 대답하지 못하고 고개를 숙이고만 있을 뿐이었다.

　"실망이군."

　그녀는 어찌할 바를 몰라 했다.

　"큰 환대를 해준다면 가도록 하지."

　"주, 준비하라 말하겠습니다."

"앞장서라."

월영쌍희는 마본궁을 향하는 진천에게 고개를 숙였다.

마음 같아서는 따라가고 싶었지만 그럴 수 없었다. 방해가 될 것을 알고 있었기 때문이다. 대놓고 파놓은 함정이 분명했지만 월영쌍희는 진천의 승리를 가볍게 예상했다.

진천은 여인을 따라 마본궁으로 향했다. 여인도 상당한 고수였지만 진천의 기세에 눌려 고개를 들지 못했다.

진천의 기감에 여러 기척이 느껴졌다.

진천을 지켜보는 이들이 상당히 많았다. 곽사준이 심어놓은 자들이 분명했다. 외딴 곳에서 지켜보는 기척도 있었는데 그들은 곽사준의 세력은 아닌 듯싶었다.

소마동을 지나쳐 천마궁에 이르렀다.

진천은 천마지존이 있다는 천마궁을 바라보다가 그녀를 따라 마본궁 앞까지 이동했다.

마본궁 앞에 서자 살기가 피부를 찔러왔다. 진천은 그 살기에 고개를 저으며 웃을 뿐이었다. 그 모습은 너무나 광오해 보였다. 진정한 소마다운 모습일지도 몰랐다.

"이렇게 대놓고 함정이라니, 날 무시해도 너무 무시하는군."

"따라오십시오."

진천과 여인이 안으로 들어섰다. 자욱하게 안개가 깔리고 있었다.

'진법이군.'

진천은 진법을 단번에 간파했다. 수준 높은 진법이기는 하지만 진천의 움직임을 막을 정도는 아니었다. 진천은 그녀를 지나쳐 앞서가기 시작했다.

"앞서가시면 아니 됩니다."

진천은 상관없다는 듯 혈마강기를 일으키며 앞으로 나아갔다. 눈앞을 어지럽히는 환각을 모조리 박살 내며 나아가고 있는 것이다.

그 모습을 본 여인의 표정이 경악으로 물들었다. 무식하게 앞으로 나아가는 것처럼 보였지만 진천은 진법을 아예 해체하고 있던 것이다.

"이게 마지막이군."

퍼억!

혈마강기에 의해 비석 하나가 박살 나자 주변을 가득 메우던 안개가 사라져 버렸다.

오랜 세월 마본궁을 지켜온 진법이 사라져 버린 것이다. 주변에 숨어 있던 마본궁의 여인들이 멍한 표정을 지었다.

"어, 어찌하여……."

"내 앞을 막아섰기 때문이다."

마본궁의 상징인 미무(美霧)가 그런 이유로 사라져 버린 것이다.

진천의 발걸음은 당당했다. 그 누구도 막을 수 없는 힘을
내포하고 있었다.

　　'막나가는 성격도 나름 괜찮군.'

　　소교주에 어울리는 성격을 연기하고 있는 진천이었다. 하다
보니 상쾌한 맛이 있었다.

　　마교에서는 이런 식으로 막나가도 뭐라 할 사람이 없었다.
어차피 목숨이 노려지고 있는 마당에 가릴 것도 없었고 말이
다.

　　"드, 들어가시지요."

　　마본천녀가 있는 방에 문이 열렸다. 방 안으로 들어서자 다
리가 휠 정도로 차려진 진수성찬의 모습이 보였다. 대기하고
있는 하녀들이 있었고 식탁의 끝에는 마본천녀가 있었다.

　　"오랜만이구나."

　　"그런가?"

　　"말이 좀 짧구나."

　　"그래서 어쩔 건가."

　　마본천녀의 눈썹이 꿈틀거렸다.

　　"어차피 내가 소교주가 되면 너는 내 밑인데."

　　"어머니 앞에서 못하는 말이 없구나."

　　"무슨 소리를 하는 건지 모르겠군. 넌 그저 늙은 요물에 불
과해."

진천은 마본천녀를 마구 도발했다.

그녀가 덤빈다면 그걸로 좋았다. 하지만 진천의 예상과는 다르게 마본천녀는 참아내고 있었다.

진천의 기세가 범상치 않음을 느낀 것이다. 혈마신공을 익혔다면 경계를 해야 했다. 그 위력적인 무공은 자신의 본래 경지보다 더한 파괴력을 지니게 해주기 때문이다.

'어떻게 이리 사람이 변할 수 있지? 다 죽어가던 놈이 어찌……'

마본천녀의 기억 속에 곽문진은 자신의 말을 고분고분하게 따르는 약자였다. 어렸을 때부터 심어놓은 공포는 결코 변하지 않는다.

때문에 이런 뻔한 자리를 마련하고도 거절하지 않으리라는 확신이 있었다.

하나 눈앞에 있는 곽문진은 달라도 너무 달라졌다. 아예 다른 사람이 된 것 같았다.

마본천녀는 초조해졌다.

"앉거라."

"그러지."

진천은 마본 천녀와 마주보며 앉았다. 식탁에 차려진 음식을 하나하나 모두 맛보았다. 차를 먹고 나자 마본천녀의 얼굴에 미소가 서리는 것을 볼 수 있었다.

"씁쓸한 맛이 극독이군."

"이제 눈치챘느냐? 소림에 고명한 현문대사를 중독시킨 극독이다. 네놈이 혈마신공을 믿고 오만방자하게 날뛰지만 그것도 오늘까지다."

"현문대사라 했나?"

진천의 기세가 일변했다. 마본천녀의 표정이 굳어졌다. 진천의 몸에는 어떤 변화도 없었다.

"선천지기에 잠복하여 내공을 일으키는 순간 퍼져 나가는 독이로군. 체내에 있을 때는 독이 아니기에 현경의 고수도 죽일 수 있는 새로운 형태의 독."

진천의 손아 혈마강기가 떠올랐다. 그럼에도 불구하고 아무런 이상이 없었다.

"월영쌍희를 보내 날 죽이려했고, 이런 뻔한 수작으로 또 날 위협하다니 아버지가 알면 참 좋겠군."

마본천녀가 손으로 식탁을 내려쳤다. 그러자 접시들이 식탁에서부터 공중으로 치솟았다. 진천은 가볍게 손을 위로 올리며 식탁을 그녀에게 엎었다.

마본천녀가 식탁을 손으로 치자 옆으로 튕겨 나가며 벽에 부딪혀 박살 났다. 막강한 내공에 의해 접시는 깨지지 않고 바닥에 사뿐하게 내려섰다.

주위에 있던 그녀의 부하들은 사라지고 없었다. 약속이라도 되어 있는 듯 입구가 모두 막히기 시작했다.

"월영쌍희가 배신한 것은 의외였다. 무슨 수작을 벌인 것이냐."

"네년에게도 통할걸?"

"광오하군."

"네년은 어리석지. 그렇게 내가 천마지존에게 발설할 것이 두려운 것이냐? 그렇다면 못난 아들을 도와주지 말았어야지."

마본천녀의 얼굴이 보기 좋게 일그러졌다. 전신 내력을 일으키며 진천을 노려보았다. 진천은 여전히 여유로운 표정이었다.

"그리고 나를 이 자리에 불러서는 아니 되었다."

"더 이상 못 들어 주겠구나! 후회하면서 죽어라!"

마본천녀가 수강을 뽑아내며 달려들었다.

진천은 보법을 전개해 달려드는 마본천녀를 바라보았다.

그녀는 스스로의 입으로 현문대사를 죽일 때 사용한 독이라고 말했다. 현문대사를 죽음에 이르게 한 원인 중 하나가 바로 저 마본천녀였다. 곽사준과도 관계가 있을 것 같았다.

'분노를 가라앉혀야 한다.'

지금 당장에라도 찢어죽이고 싶었지만 그렇게 한다면 일이 꼬이고 만다. 계획했던 대로 마본천녀의 세력을 흡수해야만 했다.

마본천녀의 위력적인 수강이 진천의 코앞까지 당도했다.

진천은 그것을 바라보다가 주먹으로 마본천녀의 얼굴을 후려쳤다.

마본천녀의 신형이 고꾸라지며 바닥에 박혔다.

진천이 발로 후려차자 마본천녀가 방어 초식을 전개하며 막았다.

"크윽!"

마본천녀의 몸이 옆으로 튕겨 나가며 벽에 부딪혔다. 돌로 이루어진 벽에 금이 가는 것이 보였다.

"반만 죽여 놓으면 되겠지."

진천의 손에 맺힌 혈마강기가 붉은 기운을 뿜어내며 치솟아 올랐다.

죽이지 않으면 되니 실컷 두들겨 줄 생각이었다. 다시는 저 더러운 입에 현문대사의 이름을 올리지 못하도록 말이다.

『역천마신』 5권에 계속…

十字星
십자성
전왕의 검

허담 新무협 판타지 소설
FANTASTIC ORIENTAL HEROES

신력을 타고났으나 그것은 축복이 아닌 저주였다.

『십자성 - 전왕의 검』

남과 다르기에 계속된 도망자의 삶.
거듭된 도망의 끝은 북방 이민족의 땅이었다.
야만자의 땅에서 적풍은 마침내 검을 드는데……!

"다시는 숨어 살지 않겠다!"

쫓기지 않고 군림하리라!
절대마지 십자성을 거느린
적풍의 압도적인 무림행이 시작된다!

이계진입 리로디드

임경배 퓨전 판타지 소설
FUSION FANTASTIC STORY

『권왕전생』임경배의 2015년 신작!

『이계진입 리로디드』

왕의 심장이 불타 사라질 때,
현세의 운명을 초월한 존재가 이 땅에 강림하리라!

폭군으로부터 이세계를 구원한 지구인 소년 성시한.
부와 명예, 아름다운 연인…
해피엔딩으로 이야기는 끝인 줄 알았건만
그 대가는 지구로의 무참한 추방이었다.
그리고 10년 후……;

"내가 돌아왔다! 이 개자식들아!"

한 번 세상을 구한 영웅의 이계 '재'진입 이야기!

Book Publishing CHUNGEORAM

paráclito

빠라끌리또

FUSION FANTASTIC STORY

가프 장편소설

막장 비리 검사가
최고의 검사로 거듭나기까지!
그에겐 비밀스러운 친구가 있었다.

『빠라끌리또』

운명의 동반자가 된 '빠라끌리또'가 던진 한마디.

-밍글라바(안녕하세요)!

그 한마디는 막장 비리 검사, 송승우의
모든 것을 통째로 리뉴얼시켜 버렸다.

빠라끌리또=Helper, 협력자, 성령.